不迷路 不东京

徐瑾 著

人民东方出版传媒
東方出版社

图书在版编目（CIP）数据

不迷路，不东京 / 徐瑾 著．—北京：东方出版社，2018.7
ISBN 978-7-5207-0476-2

Ⅰ．①不…　Ⅱ．①徐…　Ⅲ．①随笔—作品集—中国—当代　Ⅳ．①I267.1

中国版本图书馆 CIP 数据核字（2018）第 149477 号

不迷路，不东京
（BUMILU BUDONGJING）

作　　者：徐　瑾
责任编辑：柳　媛　江丹丹
出　　版：东方出版社
发　　行：人民东方出版传媒有限公司
地　　址：北京市东城区东四十条 113 号
邮政编码：100007
印　　刷：北京汇瑞嘉合文化发展有限公司
版　　次：2018 年 7 月第 1 版
印　　次：2018 年 7 月第 1 次印刷
印　　数：1–10 000 册
开　　本：880 毫米 ×1230 毫米　1/32
印　　张：8.25
字　　数：138 千字
书　　号：ISBN 978-7-5207-0476-2
定　　价：56.00 元
发行电话：（010）85924663　85924644　85924641

在东京

迷走·迷色·迷读

目 录

迷走

迷色

迷读

东京大学

序言　东京客居记

1985年，小津安二郎离开人世二十二年。

“新德国电影”运动的代表人物之一维姆·文德斯千里迢迢来到东京，以“寻找小津安二郎”之名，期待寻找昔日小津影像中谦卑而怀旧的日本。然而，在小津墓前，他仅仅看到一个“无”字。对了，文德斯拍了不少公路片，他自己也是著名的旅行者。

更早一些，20世纪60年代末，哲学家罗兰·巴特造访东京。他将日本比喻为一个“符号帝国”，东京城市没有中心，中心仍旧是“无”，东京“整个城市把一个既是禁城又是无人关心的场所围在中间……这个圆形领地的低低的屋脊是不可见之物的可见的外形，它隐藏着那个神圣的空无”。

两位大师都强烈感受到东京的“无”，每个人眼中的东京都有所不同，否则从没到过日本却影响世界对日本看法甚多的文化人类学家鲁思·本尼迪克特，也不会在《菊与刀》中说西方作者描述日本人总是长长一串“既……又……”的字样，比用在全世界任何其他国民身上的都要多。

日语有时会把外国人称为“外人”（がいこくじん），外界

对于日本的解读热情与困惑程度，几乎与日本人认为自身无法被理解的执念一样强大。日本永远像一面看似平淡的镜子，似乎可以一览无余，似乎又照见大千世界。

每个城市都是文明的结晶体，如今大城市总是被太多谈及，典型如东京之于日本。提起日本文化，一些中国读者的印象或许还停留在京都、艺伎、俳句之类，但是后工业时代的日本已经相当都市化，尤其是东京这样的地方，更是当代日本的代表，这反而是最吸引我的所在。即使日本人，对于东京的感情也是非常复杂的。

出生在东京工作在京都的日本哲学家九鬼周造，对这两个城市的差异深有感触。京都充满古迹与历史，他在那里安静地思考学术，与此同时，他笃信现代生活属于东京，他在东京就是一个居家男人。东京的伟大与京都的贫乏可以体现在不同细节之中，“四条通根本没法和银座比。每当我去丸善书店和三越百货的洋书区，我总会恼怒于京都的贫乏。甚至在我去神田的中古书店的时候，我也会意识到东京的伟大。去东京都厅议事堂的鱼子酱餐厅试试，或者去尝尝帝国酒店的烤肉，你就会理解东京现代的一面了”。二者的区别，他认为可以用一个典型的比喻来形容，就是城内两条河，墨田河和鸭川河，鸭川河清澈，而墨田河奔流，暗示着东京那种“复杂的折腾”。

东京这种复杂，本身也是现代都市普适的现代性体现，既有匠人精神也有追求效率的一面，既有平淡恬静的一面也有野性飞扬的一面，只看到其中一个面向，都是失败的观察。

对于我来说，东京又意味着什么呢？某种意义上，对我这样的漫游者，无论在哪里，最有趣的风景始终是人。2017 年，我应日本国际交流基金会邀请，在东京大学访学，开始了我在东京的客居生涯。这次课题是做中日经济对比，却让我有个机会，得以“用脚丈量”东京 23 区。英国小说家乔治·奥威尔曾说，流浪生活中的另一大不幸是强加给你的无聊，所以我们在旅行和客居之中总会找各种消遣，这本小书，算是我客居东京的初步感受，既是我的迷失之旅，也是旅途之意外产物。

之前，我已经去过日本很多次，去山形县的乡下看过红叶，也到过东北边缘的温泉乡，更不用说奈良之类的古都，但说起来，最喜欢的还是东京，因此访学城市想也没想就选择了东京。迄今为止，我仍旧并不认为自己了解日本，也不那么了解东京，我甚至认为将了解定位为旅行的目标，倒真是既宏大又肤浅，不独日本如是。

我来了，我看到，我走了，无非如此，只能如此，何况我看到的更多的是我期待看到的。

〈一〉

初夏的东京，在乐町桥，晚上八点的咖啡馆。

这是我即将离开东京的时刻，也是白天与黑夜间最后的安宁时刻。当时我就明白，很多年后，我会怀念这一刻，就像黑白电影中不断回放的“完”字，蒙太奇式的眩晕与满足。

离开东京的时候，少不了告别与聚会，也是舍弃的过程，我丢了不少东西，但最后，还是带着一盆植物上了飞机。普通的植物，绿叶，褐色枝干，白色底座。带走它，不仅因为它在过去一直陪伴着我，更因为它会提醒我，它是我从东京带回的生命，而我生命的一部分，也永远停留在东京的客居岁月中。

我刚刚到东京的时候，为了方便去东京大学本乡校区，先住在后乐园的东京巨蛋酒店，然后再慢慢寻找房子。期间，多次散步去东大校园，出来时往往不到五点，本乡街区已逐渐暗下来，就找一家街边的咖啡馆，来一客咖啡，看路人。

咖啡和书店都有让人安静的特质，有朋友说每次迈进书店，时间总是迅速慢下来。我以前觉得每个城市有大学与河流，就让城市变得有了灵气，就像女子有了酒窝。现在想想，书店也有类似的效果，无论北京的万圣还是上海的季风抑或台北的诚品，都是如此，更不用提东京那么多的古书店以及女生们喜欢的各类店铺。

不少朋友说东京文艺，其实也许是他们自带了文艺的滤镜，就像各种看似不同的自由行，不仅行程相似，连感触都充满雷同。后现代的全球化旅行看似寻求不确定性，其实恰恰是拒绝不确定性，一切都在暗中谋求稳定，如同那一个个收拾妥当的旅行箱。

对于本地人来说，东京应该有着更复杂的一面，现实的，梦幻的，以及希望的与幻灭的。对我来说，以前东京是放松的起点，现在却要成为思考存在的所在。生活永远在别处，生存却总在此间，来到和看到永远不是一回事。

〈二〉

如何使得在东京的时间更有意义，是我常常思考的问题。

平常在公寓看书，时不时会觉得有声响。一开始还以为是来自隔壁，随着房子轻轻晃荡了一会儿，才发现附近又地震了。最开始还吃惊一下，后来就习惯了，见惯不怪，连新闻都懒得查了。

购物、做饭、清理房间、洗衣服、服药、打电话、独自旅行、处理财务。这是西方人定义的八大日常生活独立活动，热闹的东方人，习惯群居，对于上述都市化的独居守则，多数人才刚刚开始。

然而，习惯是可以积累的，在东京的客居生活于我正是如此。于是，就这样吧，我也变成一人吃饭，点一杯啤酒喝一半的人，既假装在中国，又假装在异国。虽然来东京的目的是经济研究，却也调侃希望写本小说，异国的陌生和暧昧让一切可能的想象都不那么滑稽。

多数所谓旅行，其实只是观光，看似希望逃逸旧有，也不过是暗中有模有样地复制家中的一切。如此这般，对所在地只是过客，更多期待的是猎奇或者是“存异”。定居则不然，往往也意味着身份的认同，自我合理化的结果往往更多的是“求同”。

客居的身份就介于定居与旅行之间。至于是客居还是旅行，不仅取决于时间，更在于心态。客居，在浮光掠影与落地生根之间，在存异与求同之间，也是可以侧身观察的好机会。

诺贝尔文学奖得主 V.S. 奈保尔写人在伦敦，形容人都成为二维那么晦暗。我不是当年的奈保尔，也过了孤身求学的阶段，在东京的生活，并不单调，不过存在感总是没有国内强，然而，这恰恰是我所期待的陌生感，希望多经历一些，只是当作有趣的经历去体察。

安缦酒店的东京落日

〈三〉

有一次夜里，微微有雨，在一个颇有情调的乡土居酒屋见一位日本朋友。因为大家同龄，而且算是再次见面，所以谈话比较随便坦率。聊得兴起，他略带好奇地问我，你这段时间有交到一些朋友吗，我笑着回答说，我不是来交朋友的，是来长见识的，顺便呢，也看一些人情冷暖。

这是我面对严肃问题时的一种标准反应，以玩笑话或者刻薄话应付。不过，也是部分实情。孤身在异地，生活能力不算很强，在异国失去自己的文字与存在甚至身份，自然，不少地方需要人帮忙，处处也会遭遇解释与说明，也有不少不理解，更有不少世态可看。

旧的身份被逐渐剥离，如同褪去了一层皮肤，下面潜滋暗长的，是蠢蠢欲动的新肉，有孤独的撕裂，也有探索的冲动。

也有朋友笑话我，看来你还是怕寂寞啊。我想想也对也不对，在上海的时候，我很多时候是宅女，连餐馆都是去固定的几家，甚至喜欢的菜也往往就那几样，隔三差五换着吃，也颇为满足，不愿意在上面花费太多心思。在东京因为想多了解，所以社交活动很多，总是四处走动，连外出就餐也不想吃重复的饭。

一切都存在意外。我原本以为自己是一个享受孤独的人，但是真的独处久了，也会想沾沾人气，会俗气地带上笔记本去咖啡馆工作，顺带观察一下东京男女。

我公寓门口，有一个很有些名气的意大利餐厅，往往宾客盈门。有时，我会挑不那么热门的时间，过去点餐独食，计划做隐形人来观察世界。不过，有一次一位服务生看到我在Kindle上读中文，很热情地过来打招呼，自我介绍是中国人，聊了几句，无非是从哪里来、待多久、为什么事留下来，就自觉走开了。我既感到温暖也觉得不好意思，下次见面还是碰到了，话题来来去去也还是那么几句。后来，我索性也因此去得少了，主要是有点担心再见面没有新话题，但是一直很感谢他的热情。

我以为自己已经看破世情，可以接受一个人的客居，然而也还是需要人群；我本来以为我不是去结交朋友，然而事实上我却收获不少友谊，感到不少温暖，可以说是点滴在心头。

国内已经熟悉的朋友自不用说，在东京新认识的朋友还真的不少，无论是在国内出发前就热心给出从住房到美食建议的蔡孟翰老师，或者带我逛遍神保町精通英、法、德文的王前老师，还是和我见面就斗酒勉强斗成平手的长声前辈，抑或没有见过面就积极帮我联络奔走的福本先生，更不用说多次陪我去银行、邮局处理各种琐事之余还不忘关怀地问一句“有钱花吗”的秀松老师，以及一路关照我的高见泽磨、渡边真理子、阿古智子、久保田淳一、安富世里加等师友，不能一一罗列。我并不是轻易表露感动的人，但往事如昨，一幕幕回想起来真是叙说不尽，有种人世少有的安稳感与情谊。

〈四〉

客居是一种状态，无论人们是否真的察觉，我们对于时间和光影，真的只是一种短暂的存在，这不是客居又是什么。

有位我喜欢的日本女作家，年轻时就背上行囊走四方，从中国内地到加拿大，再到中国香港，她先生也是颇有名气的作家。我原本以为，像他们这样优秀的写作者，而且是以文字为生为乐，也许仅仅文字就可以让他们满足。

然而，我们见面的时候，聊到深处，她说在她生了小孩之后，先生开心地说，终于觉得自己在历史上存在过了。我颇诧异了一下，怔怔地想，也是，即使再大的才华，在时间面前都是渺小又无声，零星火花而已。

不过，即使有孩子，基因得以延续，也只是满足了存在的妄念吧，万物的毁灭无可避免，更何况沉重又脆弱的肉身。不深入思考的人生不值得过，但是如果想深了过后，一切也变得无不可。

也许我们无法意识到客居的弥漫，但是抽离出来选择别的城市客居，还是蛮有价值的。我喜欢东京，也推荐东京，不仅是因为这个城市安全方便文艺，更因为我曾经留驻于此，有了情感的羁绊。

〈五〉

对于旅行乃至客居之地，我们注定不了解，如果太过仓促地得出答案，往往陷入早前的定见。对于不少国人的点评，包括盛赞，日本朋友多数不失谦虚地浅笑，追问会说“谢谢”，再追问往往会说“再多看看吧”。

美国女作家苏珊·桑塔格曾经说过，有关异域的游记总是把“我们”和“他们”对立起来，人们对这种对立关系的看法大同小异，古典和中世纪的旅行文学大多讲述“我们文明，他们野蛮”或者“我们文明，他们令人生厌”。

如今对于中国的旅行者，尤其在发达国家的旅行者，叙述的基调则是“我们野蛮，他们文明”。或许就某些事实而言，这无可厚非，但如果仅是框架式的对立，往往是源自对我们自身的不满，而不是对他者真正的认识。以日本为例，从国内不少自由派对于明治维新的偏好可见一斑，他们似乎忘记明治维新与大国崛起的某种同构。而一些小清新对于都市往往只看到一厢情愿的文艺与温情的一面，无法体会都市耸立背后的社会冷暖与人际疏离。这种先入为主的对比，既无法真的了解他者，也无法真的了解自身。

客居日本期间，我努力抛开成见，听了不同的人说他们的种种日本观。但是回头一想又往往忍不住觉得，谈起日本，日本人尚可，反而作为同胞的中国人往往带有不少情绪，或许因为中国人往往谈论的对象其实是中国，日本只是一个情感的投射对象，而关于中国，获得共识太难。

可以说，客居期间，我虽然走走看看都是东京或者日本，但更多了解的不是日本，而是自身。自由行的普及让不少人以旅行的名义行走世界，也少不了看到各种自认去了某处就脱胎换骨的感慨，有时候免不了让我觉得就像蚂蚁爬到人类的餐桌，窥看一些面包屑，就以为看到巨人的光芒了，却忘了自己还是蚂蚁。这很像我后来读到过的一句话：到过圣地的驴子也是驴子。

每个社会，都有大量知识值得了解，但不少属于隐蔽的默会知识。如果真的足够投入，在不同国家游历比较，往往是一个增长智识的机会，经济学家哈耶克从奥地利去英国再去美国再回欧洲，既是如此认知，也是如此实践的。

观察一个城市的文明，观光客的视角是不够的，否则我们不过是像路过的邮差，拿着类似本地操作手册之类的游记指南，然后根据自己走过的路在每个任务那边画钩的人而已，热门景点，到了；网红餐厅，get；与本地人合影，完成。这种清单遮蔽了太多东西，最好有种当地人的平视视角，虽然这种状态可遇而不可求。从知识传播历史来看，据说最开始轻信（credulity）是一个好词，与信仰有关，怀疑（incredulity）则最开始有着贬义，直到 17 世纪，随着出版繁盛，知识的爆发促进了批判精神，怀疑赢得了今天的赞许。

真正的眼界不仅是向高处看，更是要投射回自身。探索未知也包含挖掘遮蔽的自我。即使承认文明有优劣之别，但是并不意味着社会存在绝对高下。我在本书中书写日本，写到最后，却有了井上靖的中国穿越，这也是宿命吧，中国与日本，我们与他们，历史与今天，眨眨眼，没有那么多不同，几千年不过一瞬间。

这就像童话《青鸟》中的故事，兄妹踏遍世界各地神奇之境，目的是寻找可以治重病的神奇青鸟，一无所获之后回到家中，却发现手边的白鸽其实就是青鸟。很多时候旅行或者游学，往往给我们一种再世为人的幻觉，但转念想想，即使再美好的事，如果令我们轻言改变，那么是不是应该怀疑，是我们自身本来不够好，还是我们自以为有所改变而已？

我们离开，我们旅行，我们阅读，我们成长，其实都是为了遇见未知的自己，或者说更真实的自己，更好的自己。

〈六〉

游记在人类文明史上历史悠久，人们依赖游记去探索未知世界，无论其中掺杂着多少真相与谎言，冒险与平庸，激情与偏见。

在这本书写作以及快要结束的时候，我多次想到我这些年最喜欢（没有之一）的作家奈保尔。他是出生在特立尼达的印度裔作家，曾经获得诺贝尔文学奖等诸多荣誉，足迹遍布世界，也写过印度、南美洲、非洲以及伊斯兰世界。客居之余，我时常会想，奈保尔会怎么写日本？

有意思的是，奈保尔也曾来过日本，同样是受到日本国际交流基金会的邀请，但是他并没有书写什么。不写也许也不是坏事，因为进入他书中的事物每每少不了被揶揄一番，可见即使勤奋敏锐如奈保尔，也并不是旅行所见即写。他倒是曾经说过，他关于亚洲的题材都已经写完。虽然奈保尔不写日本，但是他很好地示范了高质量的游记，是实地、知识以及观察的结合，是他对于人物与国家敏感洞见的结合。

我们已经处于一个朋友圈游记无处不在的时代，但是奈保尔的游记却有着难以遮蔽的价值，因为他的感受与眼界，无可替代。他周游世界，原点却始终来自他的家乡特立尼达，正是通过对比与映照，他理解了世界。他的每本书几乎都是游记，可以视为自传的延续与变体，他不压抑自己的愤怒与自觉，惯于书写当地的滑稽、挫折甚至受伤。但是正是这样的写作，让他展示的世界更为真实、饱满而独特。

这是真实的游记，就如一位曾经的游伴与好友所言，奈保尔多年旅行，不仅经历了许多不同的文化，而且深入探索与吸收了不同的文化，他通过这种特殊的经历在书中“定义自己”，更为重要的是，“从来不给自己的见闻与感受涂粉”。

东京天空树

迷走

● 三鹰的下午：宫崎骏和太宰治之间

临近下午四点，匆匆跳上最近一班从新宿站出发到三鹰市的特急列车，我的心才稍微放下一块石头。这是夏天的东京，一切都显得愈发焦灼。

日本城际铁路与市内列车星罗棋布，不仅有国营的 JR（Japan Railways），也有各类私人运营的私铁与地铁和轻轨。其中，新宿站作为东京的交通枢纽，堪称复杂之最。几家公司都有站点，多条线路混杂，犹如迷宫，即使对于本地人，也容易困惑，每日轻松即达数百万人的人流，据说 JR 新宿站上下车旅客上了吉尼斯世界纪录。村上春树的小说《没有色彩的多崎作和他的巡礼之年》中，主人公多崎作喜欢眺望新宿站，曾经如此感叹："上下班高峰期，这座迷宫就化作了人海。海水泛着泡，翻卷咆哮，冲着入口和出口奔涌袭来。换乘的人潮到处交汇，生出危险的漩涡。不管是多么伟大的先知，也别想把这狂野澎湃的海水分作两半。"

看书的时候，这节只是作为小说背景一带而过，等作为游客在实地查找站台之际，无关痛痒的文字变为现实的残忍写照，分秒的流逝都变成实在的煎熬。我的目标是去赶下午4点的三鹰之森吉卜力美术馆展览，票是提前在国内订好的，票价原本是1000日元，黄牛索价接近原定五倍，而且预订之后，时间不能更改，最晚入场时间是4点半，错过就错过了。

4：07，果真如同时刻表一样精准，列车到了三鹰站，扬手招来一辆出租车，直奔美术馆，结果提前了一刻钟到达。每年都有很多人来三鹰朝圣，目标都是三鹰美术馆，不用多说，他们基本都是宫崎骏的粉丝。三鹰美术馆馆主正是集漫画家、导演与作家于一身的宫崎骏，而首任馆长是宫崎骏长子宫崎吾朗。

宫崎骏美术馆，外形犹如童话里的城堡，内在犹如宫崎骏先生大脑的生动展示，杂乱而有序，里面既有各类漫画手稿，也有漫画人物造型，更有宫崎骏各类灵感来源。每次参观都可以看一段二十分钟左右的动画短片，据说每月不同，我们这次看到的是老鼠相扑的短片，现场大人孩子欢声一片，仅仅凭这段短片，也值回黄牛票价。

我喜欢宫崎骏，是因为他作品中的“元气”，这种精神甚至不分男女，他的不少主角都是女生。最典型的表现就是《龙猫》中4岁的小梅，她看到庞大的龙猫也勇敢跟进，毫无畏惧，而这种勇敢最终可以照亮世界，即使这个世界可能有那么多精灵鬼怪与叵测人心。

参观完美术馆，不少人打道回府，一般可以乘坐有宫崎骏漫画图案的猫巴士回到吉祥寺车站，然后原路返回东京。对于我来说，宫崎骏美术馆只是第一站，第二站对我个人更为重要，就是风之散步道。如果走风之散步道，从宫崎骏美术馆到 JR 火车站，这一过程大概二十分钟，沿途就是玉川上水，这是一条江户时代就有的引水道，更为重要的是，日本作家太宰治当年就在这里自杀。

宫崎骏几乎是全民偶像，参观者少中老都有，也有不少西人，相形之下，太宰治就比较寂寥了。从大学时代，太宰治就是我很喜欢的作家，读书时关于其人其书，国内信息与引荐很少，我写过一篇《太宰治：懦弱与骄傲》介绍他的生平与作品——有趣的是，里面很多话不仅进入百度百科，有的更被当作太宰治的话。如今恍惚十年，太宰治也由绝对小众变得相对流行，不过关于他的解析，仍旧没有如预料之中出现更多更好的文字。

他生于 1909 年，出身于一个贵族家庭，师从井伏鳟二，1935 年以《小丑之花》初登文坛，短篇《逆行》亦入围芥川奖，后来陆续出版了不少作品集，其中尤其以晚期的《斜阳》与《人间失格》为人称道，被誉为战后日本文学的金字塔作品。

他对战后日本文学及社会影响甚深，甚至有“斜阳族”等诸多说法。他的个人生活几乎围绕着死亡展开，真的与上文所谈的多崎作类似，“从读大二那年的七月起，直到次年一月，多崎作几乎只想着死这一件事”。而太宰治的一生更为彻底，他四次殉情未遂，39 岁时投水自尽。

文学美好，现实寂寥。玉川上水看起来并不起眼，或许我来访的时间是夏天，水量稀少，连潺潺小溪都算不上，最多就是一泓浅浅的沟渠，杂草横生，树的投影几乎掩住溪流，和名字的气派完全不一样。不知他怎么会选择这里，这是东京居民饮用水之所在，对于不给别人添麻烦的日本人来说，他最后的行为简直有些令人厌恶了。

和对日本文学有研究的朋友聊过很多次太宰治，聊到最后，他总结一句：是个烂人。是啊，这就是“生而为人，我很抱歉”的太宰治，但是又拒绝改变，三岛由纪夫曾经意味深长地说，太宰治所有的问题都可以靠锻炼身体解决。我也曾经写过这样一句话：“因为懦弱，所以逃避生命，以不抵抗在最黑暗的沉沦中生出骄傲；因为骄傲，所以不选择生，所以拒斥粗鄙的乐观主义。”至少在生活中，太宰治确实颓废到底，如果说三岛由纪夫是自我选择的强者，那么太宰治就是自我选择的弱者，二者在美学层面谁更高明，难以断言，毕竟人生要求的是更多而不是更好。

三鹰是临近东京的二级市，不少文化名人选择在此居住，这次在风之散步道边上就看到一些展览和名人故居，可惜这些人对我而言都不太熟悉，也就是看看而已。对比之下，宫崎骏是一种人生，太宰治是一种人生，前者是生之荣耀，揭示了生命的动力，后者是死之瞠目，暴露了生活的绝望，正如世界的明暗、阴阳两极。

无论如何，这都是常人不可企及的角度，未必是最高，却也开创了存在的不同，而不同不正是生命的意义之一吗？太宰治与宫崎骏，看似睽违，实则同源，他们是人群的少数派，却通过创作将生命不断推向极端，从而将人类存在的精神疆域不断拓展拉深。至于我们中的大多数，甚至包括三鹰那些颇有些名气的文人作家，也无非是在这两点之间暧昧过日，而活着，也就是最大成就了——讽刺的是，就像太宰治的自杀，他并非独自寻死，和他一起投水身亡的还有他的爱人山崎富荣，但即使在当时，社会舆论也基本是仅关注太宰治之死，到今天更是无人过问他爱人的一切了。

作为大多数，我们能做的，无非只是偶尔的抽离，亦如在庸碌日程中抽出一个下午，在遥远的三鹰，高调瞻仰一下宫崎骏，低调默哀一下太宰治。

这个夏天的下午，我在三鹰。又怎么样呢，下午还没过完，我就走了。

宫崎骏美术馆

● 赏樱的忧伤我不懂

周作人曾经为别人翻译的《樱花国歌话》作序，有意思的是，原书的名字是《爱国百人一首》，可见“日本国”与“樱花国”在民国已经如此通用。不过日本人对于樱花的推崇，也不是自古而来。所谓赏花，也就是日本所谓的“花见”（はなみ / hanami），其实来自中国，据说最早起源于崇拜唐风的奈良时代，那时花见主要是欣赏梅花，从平安时代才开始逐渐转向樱花，群体也从贵族扩大到武士乃至平民。

白居易或许是日本人最喜欢的唐代诗人，部分源自他清浅而有余味的风格。他笔下的樱花满满是闲适兴趣，“小园新种红樱树，闲绕花行便当游”。不过到了日本，结合了敏感细腻的民族特点，杂糅佛教凡事皆空等哲学思维，樱花便逐渐变成日本文化一大要素，融入所谓“雪月花”的审美框架，即代表自然界美好事物，典型春天之樱、秋天之月与冬天之雪。而这“雪月花”的出处，据说最早的花也表示的是梅花，随后才逐渐被樱花取代，也是来自白居易诗歌“琴诗酒伴皆抛我，雪月花时最忆君”。

赏花艺术，确实见仁见智。茅盾在日本看樱花时大概心绪不佳，所以批判它原来不是怎样出奇的东西，即使面对“秾艳得像一片云霞的樱花”，也不过“比梅花要大，没有桃花那样红，伞形的密集地一层一层缀满了枝条，并没有绿叶子在旁边衬映”。

趣味无高下，茅盾能够分清樱花和梅花，看起来容易，其实也不容易。胡兰成晚年流亡日本，其学术体系逐渐完成，不过他的书法得到认可更多，甚至据说擅书法的小说家川端康成认为其为日本最佳。不过，漂泊他国，大概更多期待思想的传播，他曾在筑波山开设私塾讲授《论语》等知识，当时曾经看中一个青年，寄予不少希望，但是最终比较失望，原因就在于他注意到这个青年连梅花与樱花都不会区别。日本数学家冈洁和胡兰成晚年来往甚多，这一故事来自冈洁，他认为胡兰成的失望在于青年不知事物的区别，梅花与樱花情趣完全不同，“梅花有梅花的情趣，樱花有樱花的情趣，似是亦非。不只是梅花的情趣很迷人，樱花的情趣也很迷人。所以怎么也不可能完全错认”。

某种意义上，樱花与梅花是两种性质的美学取向，梅花尤其看重暗香疏影，而樱花则在繁密艳丽。我寻思，背后也对应着日本审美的一大转折，贵族趣味让位于平民趣味。对比日本国立博物馆内器具陈设的变化，这一印象就更为明显了。早期无论颜色还是设计，不少是简单而素淡，晚期尤其到了江户时代，整体审美就多了明艳的气质。

随着明治时代乃至昭和时代的扩张，国家主义狂潮之下，樱花多少也多了政治含义，所谓“花为樱木，人则武士”。关于樱花比较妖异的说法之一，就是樱花之所以开得美，是因为树下埋着尸体，加上联系曾经的背景，确实有些令人触目难安。1945 年剧变之后，日本历史划分成了战前和战后两个时代，樱花的含义也随之变化。战后民主主义思潮取代民族主义，不仅歌舞伎之类一度被美军禁演，樱花也大不如过去那般受待见，据说战后甚至有人把家里的樱花树也砍了。不过随着日本经济在 20 世纪 60 年代起飞，经济自信引申为文化自信，樱花这一“国粹”也开始回归。樱花盛世再现之余，大家也忘了前尘往事，好像自古以来樱花就是日本国花一般，更是衍生出颇多含义。

几十年甚至百年间，日本社会已经变化颇多，国人又变化了多少？鲁迅的话还有下半句，说花下也缺不了成群结队的“清国留学生”速成班，“头顶上盘着大辫子，顶得学生制帽的顶上高高耸起，形成一座富士山”。话说得刻薄，但是如今大小赏樱胜地，中文之音总是不缺，甚至打扮得最为用力的往往是中国人，可见国内来日本看樱花的人不少，上野等地到了周末更是人流如织。

这原本也不坏，审美也应该是最简单而非功利的事。遗憾的是，有江湖的地方总是要分出阶层，引出所谓中产阶级的赏樱焦虑之类争论，每年都有各类赏樱文章殷殷告诫如何地道赏樱，国人如何不懂得赏樱的哀伤。

确实很难懂，我只觉人潮和樱花潮一样闹腾，也分给我这等旁观者一份热闹。如今赏樱，其实不但国人喜闻乐见凑热闹，对于普通日本人何尝不是，统计说 60% 以上的日本人会赏樱，最简单流行的方式，无非是一边信步看花，一边一罐啤酒，这轻松的时刻，一年的压抑也似乎都消失不少，亦如他们酒后裸露难得的喧嚣。

时代变迁，昔日的深言大意已经失去不少，纵然不无遗憾，但是这也就是当下的现实，也是今日的赏花之乐。

我来日本多次，每每细细留心，无论樱花还是红叶抑或银杏，只看到大家或单独欣赏，或三三两两，聚集在樱花树下，脱鞋饮酒，好不放松，好不热闹，满足的表情明显多于其他，从没有看到有人在樱花树下痛哭，即使深切哀伤之表情也少见。难道，这又是哀而不伤的日式美学？算了，还是就此打住吧。正如一位旅居日本多年的作家朋友所说，国人看日本，到底是喜欢过度诠释。

客居异国，难免有乡愁，但是客居的好处也在于可以以旁观者的身份，审视对方也审视自身。赏樱是一种，别人的忧伤看不到，我倒是在赏花人潮中借到一份热闹，为着这点温暖，倒是有点小小惆怅了，而茅盾的不耐烦与胡兰成的幽怨，我如今多少也能勉强理解一两分了。

赏樱之盛　夜樱最高

“东京也无非是这样。上野的樱花烂漫的时节，望去确也像绯红的轻云……”提到樱花，国人想到的多半是日本，而且基本都是上野；然而直到今天，鲁迅也仍旧位于日本最为著名的外国作家前列。由此可见，文学的力量毕竟恒久。

然而樱花对于日本之盛，并不仅仅止于春天。夏天去日本，当地朋友往往遗憾樱花已尽，等到一二月甚至冬天去，对方又往往遗憾没能等到樱花。樱花来了，不仅是报春，也是新学期以及财年到来，满城雀跃不已。

平日尚且如此，一到樱花季节，日本大小城市更是为此喧腾不已。三月后各路赏樱情报就频繁出现，更不用说诸多樱花限定产品了，从各类化妆品到饮料啤酒都有通体粉红的限定，不少还会贴心加上一句短语，如“愿大家能像樱花一样绽放”

之类。

除此之外，街上更多了各类樱花日式和果子，即所谓花见团子之类，除了颜色走樱花粉路线，不少直接用了樱花点缀以及樱花叶包裹。如此一来，到了三月下旬与四月上旬，各类热门景点的酒店与航班更是人满为患，不少旅客提前半年预订更是见怪不怪，但是樱花花期往往不定，一旦遇到变化，也是遗憾居多。

樱花花期背后，还有更多玄机，从历史记录来看，京都的樱花盛开时间不断提前，19 世纪是四月中旬，如今不断提前，科学家的研究表明与气候变暖有关，至于东京樱花，日本经济学家则认为早开或促进消费带来经济的繁荣，这套路倒是和中国无不类似。就拿今年东京来说，原本花期说是三月下旬就有希望，但多了一阵春寒春雨，其实是四月初才开始，官方说法是比常年早一天比去年晚两天，不少专程来的朋友多少有点失望。我整个春天都客居日本，原本是不担心误了花期，不过有朋友约去城外看樱花，周折去了，时间左右不对，可谓访樱花不遇，匆匆而别。朋友说这就是日式特有的遗憾，接受不完美的世界，说了一通侘寂（wabi sabi）的哲学，我笑言，你知道现在中文世界最喜欢说这套哲学？各类代购。

物以稀为贵，樱花之所以万众瞩目，满城如临大变，多少也是因为其花期较短，满开的时间不过一周，所谓“樱七日”也从此来。或许正是因为樱花满开的娇贵难遇，所以大家更是珍惜。樱花在日本的蔓延就是从南到北的粉色波浪，最早是从南部温暖的冲绳那霸之类开始，再到福冈、广岛，随后是神户、京都，再到中部的名古屋，随后是东京，然后是东北的仙台之类，而北海道的札幌可能到了当年五月还有盛开的机会。

一般到了四月，东京樱花处处都开了，一夜之间，樱花攻陷全城。这种势头，不由得让我想到茅盾说樱花“闹哄哄地惹眼罢了”，或者李长声所谓“樱花如泼妇的戏谑”。樱花虽然种类很多，早开的一般是吉野樱，接近白色的往往是山樱，花瓣层层叠叠的往往是八重樱，但是樱花的情质倒是一样，那就是繁华。

至于地点，因为鲁迅说了上野，所以上野恩赐公园往往人很多，其实樱花名所满城皆是，完全不用挤在热门景点，虽然人多觉得另有一份热闹。在樱花时节，不仅谷歌地图会自动在看樱花的常去地方标注出樱花符号，不少偶然路过的电车站也往往不乏摇曳生姿的满树繁花，因为在不期待出现的地方出现，所以更多了一份惊喜。

因为客居日本，闲闲散散看了不少樱花，不留心就度过了整个樱花的花期，照片拍了一阵，也觉得懒得拍，无数个瞬间足以让贪婪的眼睛餍足。胡兰成曾经说桃花难画，因要画得它静，对比之下，樱花之美难以诉说，道理接近，我认为诸多赏樱之中，夜樱却有别样的特质，融合闹与静之美，可以称为第一。

东京都内看夜樱的场所也不少，有比较时髦的六本木，或者比较有和式庭院风格和江户园林气息的六义园，具有小资气质的目黑川也吸引了不少港台粉丝。夜樱名所，我最推荐千鸟渊，千鸟渊是皇宫西北的护城河。我去的时候并没有看到很多鸟类，只看到不少乌鸦，正疑惑千鸟之说，后来才明白名字来自其湖面形状类似千羽鸟。灯光一般六点开始，去的那天刚好下大雨，大家簇拥在道边屏息等待，不知是谁用中文说了一声“灯亮了”，眼前灿烂一片，刚才走过的路、看过的花好像更有不同。夜樱的特别，就在于灯光和花朵的交相辉映，一方面色彩比起白日多了一些，另一方面夜晚也多了神秘的静谧感，即使人潮依旧，也显得掌灯之后的樱花比白日多了不同的味道。千鸟渊的好处在于，对应着皇宫的半壁翠绿，加上湖面的波光粼粼，加上沿着河道从白到粉的不同樱花，与路灯交相辉映，比起寻常的夜樱，相当大气震撼。

赏花注定是古典的事，今人情致多半不如古人，据说即使今日花见，按照朋友说法不过是找个机会醉酒。不过夜樱是今人占优，纵然古人也秉烛夜游看花，到底是担心夜深花睡去，而今天的灯光首先就有改进，幻彩中古今一体。想到那些古旧的樱花树已经存在了那么多年，前人看过，今日仍旧默默绽放，不由得心生快慰，一阵风过，花满关山，百年里每个花见瞬间似乎并没有什么变化。

来了，樱花开了，如今樱花将尽，也该走了，不过到底是来过了这温柔而闹腾的樱花季，曾经假装无所事事。

夜樱

● 在筑地遇见一握入魂的寿司

我不是美食家或者所谓吃货，但一旦有机会，也难以拒绝美食。

日常外出就餐以省事为最大原则，往往就近选择固定的几家餐馆点固定的几样菜，但是一旦旅行，我总是对美食多一些期待。这也是我的人生哲学之一，即二八原则，八成的精力在固定轨道，两成的精力用来探索新鲜事物，这样不太容易失望，花费的精力也不多。

我个人很喜欢日本料理，所以每次去日本都是满怀吃货的期待。但本着上文的二八原则，即使在外旅行期待美食，也很少专门去很热门以及麻烦的店铺，我总是相信一个地方的饭店水准差别不会太大，尤其是在日本，至少对于普通人来说，很难体会这种差别。不过在路途之中总有惊喜。前些年去了东京，来去匆匆，不过期间有熟悉情况的本地朋友帮忙，领着我们去筑地吃了一次特别而地道的江户前寿司。

一

筑地（Tsukiji），顾名思义，就是填海所造的土地，这里几乎是现代化的东京最为生活化的地方。筑地市场每天早上汇集各地鱼类生鲜，数量之巨超过千吨，喊价拍卖之后送入千家万户。筑地市场分为场内以及场外市场，可以围观拍卖，也可以一饱口福，因此筑地市场一度是旅行客的必经之地，五六点排队也不算早。

不过这里处于东京核心地带，离银座很近，步行不过十分钟左右，所以东京政府窥探已久，已经动了主意，最终决定于2016年拆迁这个历史悠久的市场。据悉原来的市场将搬去东京湾的丰州有明一带，那一带是垃圾填海而成，大家对此并不满意，筑地内部不少批发商也担心生计，尤其是一些个体经营的小商家。不少游客一直在念叨再不去就晚了，2016年作为惯例的新年拍卖更是贴上最后一次拍卖的标签，价格也扶摇直上。

怕麻烦如我，一直对于上海所谓的“轧闹猛”不感兴趣，因此去了东京很多次，从来没有去筑地凑热闹排队。尽管我理解大家的怀旧情绪，但私下对于那种昔日不再的小清新感叹有些不以为然，总觉得经济发展到今天，不仅拍卖这种形式有点流于形式，市场外的流通方式确实也使得筑地市场交易额从最好的8400亿日元降低到目前的4600亿日元，而且个人怀疑筑地市场一些店铺也多少有点迎合游客。

所以，这是我第一次来到筑地市场。初看之下，陈旧之中，仍旧不失规范，发往各地的货物按照方向整齐有序地排列，等待快递装箱，货物基本无人看守。和中国台湾地区等类似市场不同，即使是鱼市场，不少店铺日本料理是生食，这不仅依赖靠海而居的地理优势，更在于背后的物流体系，因此看到筑地市场的各种忙而不乱，还是令人想起旅行指南赞美的话，即其喧嚣杂乱却又有条不紊。

造访筑地那天，刚好下着小雨，又适逢日本参议院选举，日本在野党民进党的党首在筑地附近演讲，为该党的检察官出身党员竞选参议员站台。虽然是明星政治家出场，在细雨中，演讲也算得上投入激情，也是在都市最为热闹的十字路口，围观的人大概也只在百人左右。在一片日本人喜欢撑着的透明伞洋流中，零零星星有几个举着反对筑地拆迁牌子的人，不过口号也不曾喊一句，倒是有着日式抗议的冷静与从容。我原本以为筑地搬迁已经板上钉钉，问了一下朋友，说是东京都议会已经决定拆迁筑地市场，但是貌似大家在争取全国议会的反应，所以也许还是有一线渺茫希望。后来这事又没完，筑地预计在

2016 年 11 月搬迁到东京都江东区丰洲市场，但这新的地方却存在土壤污染的问题，当年新上任的东京都知事小池决定延期，甚至引发调查前知事石原慎太郎等一系列的政治风波。

二

书归正传，正是因为筑地一带近水楼台，所以附近坐落有很多美味的餐厅，即使东京都内食肆，也往往会有筑地水产的标志，大概是表示食物货源稳定可靠。我们去的是一家寿司店，朋友带领我们在各路水产市场七拐八拐，进入一个巷子，再转入一个门洞，门帘小小的关着，上门挂了一面旗帜：一握入魂。

打开活动障子门，一位上了年纪的老婆婆领位。入室之后，其实全店是一个不到二十平方米的店铺，转台已有一圈食客，另外有两桌榻榻米，我们占了一桌。这类店铺，往往是个体经营，产量空间有限，往往需要预约，有的甚至非熟客介绍不接。其实说起来，随着近年中国游客逐渐增加，日本店铺并不是有钱赚就万事好，不少其实也感受了压力，一方面原有接待能力赶不上新增客户，另一方面担心难免怠慢了老客户。这家店铺看起来有些历史，洗手间也在店铺之外，马桶式样在东京各类华丽得不像洗手间的洗手间中属于比较老式的，但仍旧毫不意外的整洁。

入定之后，店主端上寿司，每人十个，事先介绍了一通，为什么吃这些，大意就是这个季节某某鱼很不错。寿司无需芥末以及蘸料，味道已经调好，不过我看寿司中除了海胆和金枪鱼等常见，更多是我不认识的鱼。日本料理贵的地方，往往也在于不同季节吃对应的名物，所谓“旬味”，他们往往认为时令的食材具有自然能量，或者“气”。至于吃的顺序，不少人喜欢说什么讲究，其实说法不一，也彼此矛盾，索性比较简单判断，就是大致从浅色进入深色。吃了一口，确实有进入心神的好吃，比起寻常路边的寿司店，好吃了一点，但正是这一点，有了分别。

日本店铺多数有吧台，厨房多是开放式，厨师就在转台后加工。我原来以为坐在吧台的顾客，往往是因为单身而来，也方便下单，后来看了日本米其林厨师神田裕行所写的《真味：日本料理的奢华》的解释，才大概明白日本料理不比中国菜和法国菜，因为用油少，所以温度保持得不久，很多人坐在转台，其实是为了更快吃到食物，享受食物更好的味道。或许，我们的这样一份十个寿司，如果在转台，就可以一个个吃，如此才貌似更地道的做法，只是因为我们人多，所以以桌子形式而来。

既然谈到“一握”，可以知道这是江户前手握寿司。江户前寿司说法很多，但主要是根据江户地理和风格而定，以区分京都等地。而手握寿司，在国内吃过不少，可惜拿起来溃不成军者也不在少数。我原本喜欢日本料理，不过去日本多了，反而在国内吃日本料理少了，一方面是觉得国内同等品质的日本料理价格太高，另一方面也是吃过本土相对便宜而可口的日本料理之后，难免有曾经沧海难为水的感慨。日本的餐厅，价格不算低，但是比起国内同等店铺，算得上钱货相符，即使物以稀为贵的米其林店铺，也不会随意要价，往往人均两万日元就可以搞定。以我们去的这家店铺为例，应该属于老饕所爱，但也不是米其林餐厅，味道已经如此不错，人均万日元绰绰有余。

所谓“入魂”，日语其实有全神贯注的意思。类似说法日语用得不少，大米有一粒入魂，清酒有一滴入魂，球赛也有一球入魂，但是敢于这样说的店铺，往往需要有些底气，这或许就是日本匠人精神的体现。日本宗教众多，佛教、神道教、基督教并存，基本是一个泛神论的社会，所以各行各业都有自己的神，即使美食领域也是大神林立，可谓对于匠人技艺的尊重与推崇。从更大局面来看，全民推崇匠人精神，也是社会文化的激励，即使一家在日本最为普通的做荞麦面的店铺，店主往往也被激励做到最好。而经济发展到了一定阶段，加上日本国内市场本身不小，消费者能够维持一定消费能力，这类店铺也可以维持得不错，如果能够比别人做得好一点点，顾客也愿意为此付出溢价。

三

说日本是美食之国，不少人大概不服气，但是日本料理的国际地位确实有目共睹。

按照“美食圣经”《米其林指南》的评定，日本近几年已经成为拥有米其林三星餐馆最多的国家，取代西餐地位悠久的法国，成为美食第一大国。按照最新数据，全世界迄今有 68 家米其林三星级餐厅，而日本地区有 32 家米其林三星餐馆，单单在东京就有 12 家三星，加上二星以及一星，大概 260 多家店铺。

近期国人去日本不少，往往以品尝米其林星级餐厅为第一要务。然而某位我很欣赏的作家曾经说过“米其林最无聊”，这不全是牢骚，不说米其林能否全面评估日本菜、中国菜，单纯因为米其林加持效应也使得餐厅变得高不可攀。餐厅一旦上榜，自然也就很难随便预订，就像日剧《东京女子图鉴》中，女主角与初恋男友走过东京三轩茶室的某个餐厅，一边称赞其美味，一边哀伤感叹，现在是米其林，不能随便进了。成为米其林也不全然是好事，经营方既要维持水准，同时往往也不能随意加价，其中不乏经营不下去的案例，可见登录米其林虽然有晕环效应，其实也有代价。

不过借此米其林参考，可以看出日本美食的国际影响力也不错。以做轮胎起家的米其林，在一百多年前策划了餐厅指南，第一本《米其林指南》诞生于1900年，首印将近35000册。按照其官方网站说法，其创始人雄心勃勃写下目标，“这本指南诞生于世纪之交，并将与世纪共存”。

米其林美食手册来自美食评审员的打分，他们往往化身为普通陌生人上路消费，以匿名造访身份考察餐厅，据悉平均每年旅行约30000千米，不同餐厅用餐约250次，“无论是男士或女士，年轻或年长，金发或黑发，纤瘦或魁梧，米其林美食评审员就如其他顾客一样——他们享受食物，并热爱用餐的体验”。在这份名单上，星级就是品质的标志，按照其官方定义，一星表示优质的烹调，不妨一试；二星表示出色的烹调，不容错过；三星表示卓越的烹调，值得专程造访。迄今为止，即使算上中国香港和澳门，大中华地区上榜者寥寥无几，在米其林发行《米其林指南：上海2017餐厅及酒店》之前，中国内地只有一家上榜，还是一家位于上海的西餐厅。

到了今天，普通人也可以化身网红点评的时候，《米其林指南》的意义在于其仍旧是游客们趋之若鹜的标志，而不少厨师更是视其为职业追求，甚至不乏因为降星而自杀的明星厨师。相比中国餐厅难以上榜米其林，真不必说米其林看好日本是不懂亚洲，其实日本料理正是米其林进入亚洲的第一站。当时日本为了推动日本料理进入榜单也花了不少时间，《米其林指南》直到 2007 年才加入了日本篇，随后也加入中国香港和澳门。

关于日本料理的宣传，国内说得比较多的是天妇罗之神、寿司之神之类，导致预约也是一窝蜂扎堆，其实好的店铺不少，上文谈及的神田裕行的店铺也是连续多年被评为米其林三星。他甚至把吧台比作厨师的舞台，据说最大特色为“客人的眼手和心灵都能享受到的餐厅”，会根据材质不同以及客户不同，提供独特料理。神田在书中说起自己一边紧张准备当天下单的菜品，一边不动声色地通过细节观察揣摩客人的心思，真是又紧张又刺激，他把他的待客之道比作“剑道”。按照朋友的看法，其实在东京地区的米其林有些过于华而不实，她比较欣赏的是一些东京之外的米其林店铺，其中一家很有个性，店主招收徒弟，但是每到周日都要把弟子赶出去，就是为了让他们养眼睛，看看各种建筑展览。

我在东京滞留多次，诸如上文筑地市场的半日游，实在浮光掠影，谈不上有多么深入的观察，但种种细节的衔接还是令人印象深刻，市场、饭店与人构成了有机体。美食看起来是细枝末节，但是却可以映射整个社会的枝枝节节，譬如一家普通寿司店所强调的入魂，其实就是匠人精神，而生产出一握入魂的寿司，其实需要整个系统的支撑。神田所谓真味，即日本料理的精神在于体现食物的本真之味，即质量上乘的朴素。而他也表示，这件事其实无法由厨师一个人完成，还要仰赖同事、渔民、经纪人以及日本陶艺、漆艺等的发展。

所谓入魂，即是全神贯注的最后一握，也是十余年甚至百余年的坚守。中国古人也曾说所谓台上一分钟台下十年功，只是可惜，现在“聪明人”太多，钱又太充裕，难免沾沾自喜，最终导致所谓匠人精神不被重视。

有意思的是，今天匠人精神在中国成为热门词。当大家抱怨中国年轻人没有匠人思维的时候，其实也应该思考现实的土壤是否支撑匠人思维，环境对于这样的思维是否有正反馈？即使我们在谈论匠人精神，其实也是以一种极其不匠人的姿态在谈论匠人精神。

匠人精神本身与基业延续息息相关，东京现存最古老的店铺可以追溯到隋唐时代，而所谓百年老店在日本更是比比皆是，占据世界百年老店的八成。“文化”是人们在谈到中日比较时常用的词语，我个人觉得文化是既浅又深的话题，是人们接触社会时的第一判断，但是如果把所有差异都归结为文化因素，其实也容易流于表面。不可否认，文化之外，良好的产权以及稳定的社会，再加上经济起飞时段的支撑，构成了日本匠人精神的基础，如今匠人精神的支撑也面临困境——某种意义上，不得不悲哀地承认，匠人精神在后工业时代往往面临效率的挑战，任何美或者艺术，都不得不终将面临证明自身价值的时刻。

与此同时，随着时代变化，经济下行，与游客喜发的一边拜倒感叹相反，如今日本状况也并非尽善尽美，自身也有未解之题。随着社会老龄化、公司文化瓦解以及经济低迷，不仅百年老店面临新的挑战，社会也有迟暮之感，这是另一个话题。

然而，筑地或者东京，我们总是这样匆匆来了又走，自以为看到一些，却忘了还有更多没有看到，如筑地拆迁的政治风波之类，一切都抛之脑后了。

● 去调布看花火

“你夏天去日本的话，那么就去看看花吧，真的值得一看。”去过多次日本的朋友临行前在电话里如此叮嘱。所谓夏天看“花”，看的原来是烟花。

一

日本旅行，春看樱秋赏红叶冬有雪，这是常识，夏天依赖人力，就是花火了。花火大会，据说从江户时代开始兴起，是日本夏日庙会活动之一。夏天原本并不算日本旅行的好时间，除了北海道等地，日本大部分地区的天气温度很高，日照强度也大，再加上台风，说起来不算消暑最好去处，但是花火大会却使得这个季节变得特别起来。

中国大陆游客目前多数并不热衷花火大会，但是对于日本民众而言则是盛典，届时男女老少都会身着日本的传统服装，呼朋唤友，好不热闹，据说日本女孩子一辈子必须完成的心愿之一就是和心爱的人一起穿浴衣看一次花火大会。

不少国人都误会当地人穿和服参加花火大会，其实他们穿的是日本浴衣。关于浴衣和和服的区别，复杂说可以有很多讲究，简单说就是和服比较考究，至少两层，浴衣比较随性，一般一层，价格上也便宜不少。如果去日本旅行选择日式温泉酒店住宿，酒店一般也会提供浴衣，泡完温泉之后，身着浴衣与木屐，可以在酒店内外的街道行走，拉拉沓，配上浴衣的袋子和花篮，也另有一番风味。

花火大会吸引很多人关注，参加人数也不少，大型花火大会动辄数十万人的规模，考虑到日本的人口，这实在是算得上惊人。近年不少港台游客也开始将花火大会作为日程考虑之一，在一些城市举办花火大会时，很多人不仅提前几个月就订好房间，而且还会提前星夜排队占一个观赏的好地方。

二

我素怕麻烦，但在朋友几次力荐之下，还是决定赶一次花火大会。关东地区的花火大会集中在 7 月到 8 月，从东北的大曲到东京市内的隅田川等，都有不少观众。相较之下，我最终决定赶调布花火大会，从时间来看，是 8 月 22 日，算是关东地区花火大会的尾声了，这年是第三十三次；从交通来看，东京过去也方便，而且可以选择住在东京，这样也不用面临中小城市因花火大会而一房难求的困境；从数量看，调布花火大会的烟火有9000发，虽然比起上万发的大型花火大会不算多，但是据说特点之一是音乐和花火的结合，貌似日本电影《娜娜》里面的花火大会就是调布花火大会。

调布市虽然听起来是市，但是其实就在东京周边，从东京交通枢纽新宿站过去大概也就20分钟。根据在日本居住的朋友介绍，日本二级市和区的地位相当，所以东京面积虽然只有上海的三分之一，却分为23个区、27个二级市。我刚听到调布时就觉得很熟悉，后来想起来，村上春树的小说集《没有女人的男人们》中，第二则的男主角木樽就是调布人，却能说得一口字正腔圆的关西话——这就是现代人的问题之一，我们总是先知道概念，再了解实体，阅读是纸上行走，往往先于亲身游历，但毕竟二者无法彼此代替。说起来调布虽然不在东京市区，却离东京羽田机场不远，因此不少政客名流都选择在这里安家，算得上中上阶层社区。

8月22日终于到来，我追随着人潮，上了电车，刚上车厢就看到两三位身着荣奔浴衣的男女，在新宿站换车时人就越来越多，这天新宿附近有百货公司为了配合气氛，员工也悉数身着浴衣接待客人了。

浴衣是花火大会的标准行头，考虑到行动不便，我就放弃浴衣，只是简单在头上加上此前买的粉色花饰，这种花饰主要就是配合花火大会佩戴。花火大会接近晚上7点才开始，我提前两三个小时到了调布，本来是准备简单领略这个“田园调布”的氛围，谁想到，到了调布车站，人潮如织，五颜六色，大家都朝着会场涌入，我也放弃原定计划，随着大家一起前进。

现场人潮密度很大，但是因为队伍有序，其实车流状况以及移动速度都不算慢，据说事先预计人数是60万到70万。到了花火大会现场，是一大片天然河边草坪，已经来了不少人，带上各自的坐垫，根据自己人数占了一块小草地，等着好戏开始。这已经是晚饭时间，周围还有临时搭建的小棚子卖食物和水，队伍排得令人绝望，但是味道很好，价格也和平日无差——这也是日本的一个特点，同样的东西，在不同场所价格基本不会差距很大，按理在这样的花火大会，小卖铺产能肯定赶不上需求，价格派观点大概就涨价，不过事实并非如此。

花火大会和赏樱花一样，大家都席地而坐，拿出各类食物，与朋友相聚，边吃边等。我们前方是几个日本女孩子，大概十来岁的高中生，带了相机与蛋糕，一直非常兴奋地在聊天，不时拿出一个帅哥的头像与同伴合影，帅哥头像看着眼熟，直到她们戴上有帅哥头像的面具说“阿里阿赛欧”，我才明白原来这艺人是“长腿欧巴”一员，韩流之强势可见一斑。

说了那么多，事先花费不少心思准备，但是对于费尽周折去看一场花火，是否值得，我还是有些怀疑，花火不就是烟花吗，有什么不同呢，但现场的感受颠覆了我的怀疑。最开始释放一两发时，点亮了还不算全黑的天空，划出花朵的曲线，原本各自私语的人潮开始沸腾起来，等到太阳开始下山，花火大会真正开始，欢呼声也开始随着花火而此起彼伏。最开始不少人举着手机或相机拍照，但是等到真正的花火源源不断发出的时候，多数人都忘了拍照，转而专心欣赏，照片甚至视频实在拍不来这美丽和震撼。

我原本以为看花火和赏樱花一样，是有些令人感伤的事，毕竟有点盛极而衰不得不曲终人散的结局，人们形容女子也常说“她比烟花更寂寞”。有香港作家这样写烟花：

> 这朵烟雨包含了孔雀蓝、艳红、鲜黄、银、金，以及电光紫好几种耀眼的色彩，使人眼睛都睁不开来。
>
> 然而只一刹那，金属粉便纷纷坠落，如星尘般，撒往海面，化为乌有。
>
> 天空归于黑暗寂静。

我等了数秒钟，“咦，还有呢？”忍不住问。

杨伯母笑说：“就这么多，没有啦。”

“什么？才数秒钟就完了？”

“自然，放完了当然就没了。”

“怎么一片漆黑？”

“烟花放完，当然一片黑暗。”

“但是，但是刚才明明气象万千，美得令人窒息。”

“烟花就是那样子的，傻子。”

我打一个寒战，我应该比谁都明白。

事实上，烟花至少是花火大会，一点不寂寞，热闹而现世，乘兴而来，尽兴而返，就像日本广告语里面经常出现的短语“大满足”，而寂寞与否，倒显得过于讲求结果的一厢情愿。日本的花火好看首先在于多，密集一小时内高潮惊喜源源不断，其次在于艺术性，各种类型的花轮流出现，从典雅大方的金色菊花到粉色卖萌的机器猫都有，而且彼此之间的安排存在韵律感，高潮之后还有高潮，永远令人有期待。

花火大会一般持续一小时，最大高潮大概在二分之一与四分之三到来，那时候人们的最大感受就是满足满足满足，欢呼都来不及。最后一刻钟的时候，开始有人陆续悄悄离场，随手收拾好垃圾与物品，地面干净如初。为了赶上回去的地铁，我们也提前了几分钟离开，就是这几分钟，让我们顺利避开最拥挤的人潮，身后不断传来叫好与兴奋声，有时候扭头也能看到一点灿烂的花火，但是那是别人的热闹，与我们无关了。

● 明治神宫的银杏

到日本，春天看樱花，秋天赏红叶，似乎已经是惯例。上篇谈过夏天也可以看花火，其实秋天也可以看点别的，比如银杏。

樱花花期短暂，花期往往又随着季节变化，受到追捧最多，其实相遇也很难，真真如豪门千金那般矜贵。红叶则相对平易近人，一般追枫人群往往从北海道开始追求，一路向南。虽然红叶时间比樱花长，但要赶上好时节，也不那么容易，加上红叶季节一房难求，未尝没有富家千金赏脸一见的感觉。樱花和红叶往往每年都有各类情报在日本各大媒体随时追踪变化，蔚为大观。至于银杏，受到外界关注比起前两者，显得邻家女孩的多。银杏从绿转黄的过程没有那么戏剧化，黄黄绿绿也相间杂，一般 11 月在日本，很容易看到。银杏作为东京都的都树，如果要在东京看，第一选择就是东京明治神宫外苑的银杏，据说这里每年都有银杏祭。

我怕麻烦，总是随遇而安。刚好某一年 11 月下旬在东京，看了一些河口湖残存的红叶归来，就着兴致，打算去看看明治神宫的银杏。去过日本的人大概都知道，日本神道教以及佛教繁盛，据说大小神社有8万多个，因此神社和寺庙也往往比邻而居，二者在外人看来区别不大，主要在于神社入口前往往有一个牌坊式建筑，这也叫鸟居（とりい/torii），表示神域和人域的区别。

神宫是神社中规模较大的一种，供奉着1912年去世的明治天皇。明治时期是日本现代化的重要时期，明治神宫在日本神社中规模也在前列，大正时期据说动用了10万株树木历时5年才完成，参拜者人数一直名列前茅。明治神宫前鸟居高达12米，重逾万斤，据说来自台湾深山，作为一个小细节也可一窥台湾地区与日本纠缠之深。明治神宫也是东京都内最大的绿地之一，位于涩谷，比邻是热闹繁华的代代木与表森道，年轻人扎堆的原宿也距离不远，我曾经在秋天之外的季节去过，满目苍翠，可谓闹中取静。

原本从新宿到明治神宫也很方便，为了赶时间早点去看，打了出租车前往。在日本打车或问路，总是感到对方的认真，甚至路人也亲自带路，倒不完全是热情过甚，只是他们往往担心出错，相较随口指路，情愿带路。日本出租车起步价不低，车内整洁无染，司机往往中老年居多，虽不谙英语，但态度不错，一旦给出地址，往往戴上眼镜庄重端详一阵，才如释重负地在导航输入地址。赶到银杏大道，还没到里面，就看到人潮拥挤，提前下了车。而所谓银杏大道，起源于20世纪20年代，是从青山大道的青山二丁目到外苑中央广场的一段路，距离不过300米，但是两旁146棵银杏合抱，不少树龄近百岁，也算是别具特点。这条道路原本是热闹街口，但是在银杏祭等日子，有禁止行车要求，也是为了方便行人欣赏银杏。

我参加过几次日本祭奠，深感日本民众对于各类活动的热爱，一旦大型祭奠，可谓人山人海。各种祭很多，从单个人到草木再到各种神，意思和现代中文略有不同，往往表示热闹的集会或者庙会，其实原本是连接本地社区的一种，如今越加带有观赏性质。这次到了银杏大道也是一样，笔直的银杏修剪成整齐的圆锥形，两旁有店铺，也有不少木质长凳。银杏颜色正处于全黄阶段，满地金黄色的落叶，不过比起想象中的银杏美景，更多的惊喜是看人。

银杏不错，但并不稀奇，更有趣的是市井人。日式的茶道来自禅宗，其精神之一在于一期一会，这是一种看重当下的审美精神。所以每一次花木季节变更，都有着不一样的意义，古典式的审美在后现代的东京毫不违和。

树下都是游人，要找一个地方坐下喝点酒吃点东西，真的不太容易。即使如此，人潮汹涌之中秩序井然，大家自得其乐，迅速融入人潮之后，这份快乐也迅速感染上。即使不爱热闹的我，也感到非常愉快。顺着人潮走了一圈，300 米的大道一会儿就走完，也有卖零食的地方，排队很长，但价格看起来和平时差别不大。

我走了一圈回到原地，觉得心意满满。入口的地方聚集了一群老人，他们三三两两而坐，看起来多数都是独自而来，有的眯着眼睛晒太阳，有的则随手喂喂鸽子，表情木然，好像这一刻的宁静就足以让人忘记时间。地上有数十只鸽子，多数做闲庭信步之态，人潮看来对于它们已经见怪不怪，并没有惊吓到它们的生活。

秋天的红叶

● 到神保町淘书，本当に？

作为去过东京的文艺青年，不去一次神保町，好像就白去了。

随着每年数百万人奔赴日本，自由行风潮改了一次，从最早的高大上银座延续到务实的新宿乃至市民化的池袋，再到小资的南青山以及吉祥寺等，如今神保町终于跻身这一热门潮流，从学术青年走向小资青年。

神保町，通俗地说，有一点类似上海的福州路或者北京的琉璃厂，但是其书目之广物品之多，远远超过上述地方。根据日本官方数据，以神保町十字路口为中心的范围，大概有 180 家书店。更重要的是，其中旧书店是一大特点，日本所谓旧就是古，所以和二手衣服（古着）类似，旧书或者二手书，也叫古书。熟悉日本二手市场的人都知道，日本二手包和衣服甚至相机等物品都维护得很好，书籍这样无差别的商品更是保存得当，不少类似全新。

刚去神保町，难免会惊讶于各大书店的低调门脸与内部的别有洞天，满坑满谷的书整齐而有序，爱书人置身其中，即使不买，也自然有种氛围。日本书店好处不仅在多，而且在于专业，甚至有专门卖一种书甚至一本书的店铺。我的朋友维舟就曾说他一度对于饮食文化感兴趣，当他看到一家神保町书店里满满的全是各类饮食文化相关的书籍，不仅有日本国内 47 个都道府县的饮食，也有世界各地的调查，他就忍不住感叹日本人做事的认真精神真可怕。

不少朋友折服之后，一般转而交口称赞日本出版业的发达以及日本人民热爱阅读之国民性，几乎觉得是不可思议的谜语。对照中国情况而言，这话大体不错，但是如果不那么唯中国论地看，从日本本身来看情况就简单得多。事实上，日本的服务业，有几个不是水平很高呢？如果不把书籍神圣化，仅仅当作消费品，如果在东京便利店买一杯酸奶，其可挑选之丰富程度也有些令人发指。日本书业的逻辑类似，也就是将其丰富性发挥到极致。

也正因此，日本出版业发达，一方面与人群阅读习惯有关，老龄化的社会黏性较高；另一方面，编辑很出色，在日本出书效率很高，有时候对话几万字就可以是一本书。对比之下，国内出版因为种种因素，出版的时间也随着各家机构性质，长短难以预料。以我为例，我 2016 年出版了新书《有时》《印钞者》后，又在改新书《白银帝国》。其实这些书不是一年之内写的，尤其《白银帝国》写了三四年，却因为出版流程挤在一起。即使如此，我觉得一年之内出三本书看起来好像有点过分，因此被朋友称赞“高产作家”也觉得有些惭愧，所以下半年也放慢了出版节奏，慢慢改，慢慢出，最终《白银帝国》改了整整一年，在2017年出版。不过前段时间看日本作家新井一二三写读书，发现日本人一生写上百本书不是特例，有的人甚至一年同时出版十五本书，这才有所释然。不过日本书细分也很多，有的比如文库本，不少篇幅很短，更像杂志，著作等身不难，但难得的是，日本也有极其精致的书籍。

神保町的欣欣向荣，倒是令人想到另一个读书人的“麦加”，也就是《查令十字街84号》的浪漫发生地，旧书店马克斯与科恩书店，据说这家店已经改为比萨店。伦敦书店物是人非的惆怅失落，比起文艺青年对神保町的赞不绝口，谁更真实？

不过有一说一，我对于去神保町淘书的朋友总是不无敬意，他们到底买了什么为什么买始终耐人寻味。虽然神保町也有一些中文书甚至线装古籍，也有不少英文书，但是总体而言还是日本书为主，如我不谙日文，其实去了也“望文兴叹”。也正因此，不少人临走往往买点图画比较多的画册之类，或者抱着捡便宜的心态买买心仪的日本作家签名版之类，即使看不懂也在所不惜，算是到此一游。不过，如果不太在意价格，倒是可以考虑买一些日本浮世绘，即使明治维新时代之前的浮世绘，看情况也有数十万日元左右的，而且不必担心假货问题。不过买这些画，买的也只能是心头好，不能指望大幅升值，便宜有便宜的道理——按照一位行家朋友的说法，即使陆续有中国买家感兴趣，日本的浮世绘那么多年价格并没有太多升值。近年法国巴黎举行的一个拍卖会上，日本江户时代的浮世绘画家喜多川歌麿的一幅作品拍出 74.5 万欧元，已经是历史纪录，而中国市场的主流仍旧是抽象画之类，到底是土豪在主宰市场。

鲁迅与周恩来等要人，都曾经在神保町出没和战斗过。不过今天小资们去这里，大概更多与一本书有关，这本书叫《神保町书蟲》，是一个日本作者池谷伊佐夫的书，他是插画家，也是古书藏家。作者自称每次去神保町都要买点什么，和一些中国买家买日本书一样，他买一些会读的书，也买一些藏而不读的书，比如英文书。他曾经自嘲自己的神保町系数（收入中用于神保町的部分与全部收入之比，类似恩格尔系数）之高难以计算，“倘若再迷上神保町的跳蚤市场，那我现在这个已经堆着满坑满谷旧书的家，恐怕会变成一个名副其实的垃圾堆了”。

他说的是实话，我见过有的去过日本很多次的朋友家，因为热衷收集日本各类旧书物品，从清清爽爽到挪不开步。没有办法，这就是人性，占有欲是与生俱来的天性，与贫富无关。按照池谷伊佐夫的说法，日本人习惯给热衷于某件事物的人冠上一个“虫”字，书呆子叫“读书虫”，工作狂叫“工作虫”，胆小鬼叫“弱虫”，好哭鬼叫“泣虫”。对于一些热衷收集各类看不懂的签名版的朋友，与其说书虫，不如说恋物虫？

蔦屋書店
TSUTAYA BOOKS

● 独自去镰仓

镰仓，是适合独自上路的地方。

本来以日本旅行之安全便捷，一个人旅行并无太多不便，但是对于我这样热爱温泉又怕麻烦的人，选择少了不少，一些温泉酒店不太接受单身女性预订，费用也上涨了不少，有朋友说是避免日语所谓的“心中”，也就是为情自杀。都市类的冒险已经不算什么了，那么距离东京一个小时车程的都市圈内城市镰仓，就是比较理想的选择。

然而，或许正是因为去镰仓太方便太便捷，我来日本多日，始终没有想到去镰仓，总觉得机会很多，来日方长。然而，正是这种念想，所以延宕多日，一直没有成行，直到一次偶然。因为在访学，我去拜访日本茅崎市的松下政经塾。一路出了东京到了横滨再到藤泽，才意识到，这里离我读过的各种攻略中的镰仓不远，于是动念，一查才发现从藤泽过去 20 分钟足够，于是在拜访完之后，我一个人踏上了去镰仓的路。

镰仓在横滨西南藤泽东边，再过去就是逗子市，其地理位置是三面有山一面对海，曾经是镰仓幕府所在，所以有很多寺庙古迹，对于不少80后来说，《灌篮高手》取景的湘南高中更是二次元气质，加上文艺青年们念兹在兹的镰仓文学馆以及各类艺术馆，可见镰仓是一个兼备厚度与小清新的城市，适合各种姿态，无论放空还是文艺。

镰仓虽然闻名，但镰仓市只有18万人，甚至不少人还是在东京工作，是标准的东京都市圈城市。历史上的镰仓曾是镰仓幕府的所在，也就是著名的源赖朝的根据地，也是因为地形特殊，三面环山一面向海可谓易守难攻，方向来看，横滨市的西南、藤泽市东面、逗子市的西北方，南面向着相模湾，武家政治消亡之后，镰仓的政治特色淡化，逐渐变为别墅休养之地。随着交通在明治前后变得便利，镰仓也成为不少文人的后花园，太宰治、川端康成、夏目漱石、芥川龙之介、三岛由纪夫等文豪都曾留驻，更不用说以北镰仓为据点的日本电影大师小津安二郎了。

攻略再多，适合自己的才是好的。我读了那么多攻略，不少往往为偶然一到的游客推荐，目的也在于省钱，所以往往凭空折腾，往往建议从新宿坐小田急出发，建议买江之电通票一路玩，这样即使一早出发，一天也不太够。其实，我一直没去镰仓，一小半原因就是不懂为什么这么麻烦，我尤其不喜欢新宿站，实在太大且太无效率，其实这也暗示了来日旅客的变化，过去目标是多景点少花费，但在时间和烦琐程度上有所增加，其实大家来玩，时间越来越宝贵，以日本旅行的便利发达，往往有更直接的方式。

果不其然，一说要去镰仓，朋友圈的日本朋友给的建议就很简单，如果是第一次到访，国铁（JR）北镰仓站下车，访问圆觉寺、明月院、建长寺，最后参拜鹤冈八幡宫，从国铁（JR）镰仓站回来就可以。事后证明，这个建议比起我看的攻略，有用而且实用，我其实有点怀疑，不过等我一路走完，时间也差不多了，因为不少寺庙在四点半甚至更早就关门了。

出了北镰仓车站，门口的木质小店掩映在竹扉树后，安静得不可思议。依旧是一位老婆婆招待，在樱花雨中独食，对着阳光看电车稀疏来往，几乎快感动了。关于圆觉寺的传说还有很多，比如吴清源和木谷实争夺日本围棋桂冠的对弈，就发生在镰仓，也就是传说中的“镰仓十番棋”。这次十番棋在《读卖新闻》主持之下进行，这是最严酷的对弈，运气成分很少，先胜六局者胜利，中间木谷实曾经因为脑缺血而昏倒。为了烘托气氛，地点也选在寺庙，第一场是 1939 年，选在镰仓建长寺，关键的第六场发生在 1940 年的圆觉寺。

最终，吴清源以 6∶4 战胜木谷实，迎来自己的时代，据说木谷实从此近乎闭门教授围棋，川端康成也作为观战记者出现，盛赞为围棋“新布局的青春”。如今圆觉寺等地一派祥和，不见当年棋局厮杀征伐的峥嵘之气，一切古典的情怀却随着传说得以保留一二。

这几个寺庙之中，除了大家都知道的圆觉寺，镰仓明月院尤其有意思，名如其景，其特点除了小资们津津乐道的小资情调，更在于其幽静。因为是临济宗建长寺派的寺庙，在苍翠花朵掩映之间，颇有情致。寺门圆圆如满月，门前有石桥活水，桥上还有一兔一龟的雕塑，一白一绿，两相并排望着潺潺流水，若有所思。走得累了，我坐在桥边小憩，这两个雕塑陪伴着我，幽静中少了寂寞。

中国人对于镰仓的感觉，可能第一印象是镰仓大佛，对日本人来说，镰仓鹤冈八幡宫更为有名，或者说是标志性建筑。八幡神是武家源氏的守护神，据说 1180 年幕府将军源赖朝从京都入主镰仓，还将神社迁移至此处，它不仅属于日本三大八幡宫之一，而且曾经是武家守护神的信仰中心。

对我这样的游客，也就是看看热闹，尤其注意到武士信仰的繁复与天皇序列的冲淡风格不通。镰仓的市树是山樱，去的时候正好是季节，一条樱花路满满当当，都是各种粉粉白白的花瓣，一路从八幡宫走下来，绵延数千米，看来不仅到海边，甚至有到天涯尽头的趋势。

至于国内津津乐道的江之电，这种热爱大概最早是从台湾开始。号称最美的电车，属于小田急集团的子公司，是连接镰仓与藤泽之间的交通，比起国铁（JR）来说慢了不少，但好处就是处处停靠，在居民区以及沿海前行，不少攻略都津津有味地提了不少。

也正因此，我回去的时候没有按照朋友建议，直接从国铁（JR）过去，而是从江之电出发，全程大概半小时，国铁（JR）只要十分钟左右，这从时间和金钱都不划算，但是游客心态难免，何况看了那么多攻略，总觉得心欠欠。中途还特地下了车，去看了号称最美的湘南海岸，或许那天是阴天，景色并不觉得比起花莲的海秀美壮阔，倒是看到海边一人一狗嬉戏，路边有人跑步，觉得充满了情味。

有意思的是，我懵懵懂懂上路，回头才想到错过了小津安二郎。在圆觉寺看到一片静静的墓地，草木苍翠环抱之中，有大大小小的墓地，不少还有一些憨态可掬的石雕。日本的墓地往往不阴森可怖，但是走了一会儿，还是感受到一点墓地特有的气氛，我就离开了，但是当时也隐约觉得有什么，回来想起来才记得，小津安二郎的墓地就在那里，我居然忘了特别去谒见一下，但是总算这样走过了。

其实，就这样走过也不错，反正小津也是这样的调性，他的墓碑上连日期、名字都没有，只有一个“无”字，据说这是参军时的小津安二郎在南京的时候，鸡鸣寺的住持给他写的字。

这就是镰仓，那么多美好，容易遇见也容易错过，但是它也很宽容，可以再有第二次会面。一个人旅行的目标，完成。

“五一”时，中国没有黄金周，日本还有，除了五一节，还有天皇诞生日、宪法纪念日，加上绿色日、日本端午节、儿童节，一般有八天，普通人再调休一下就十天了。“我还想去镰仓，要不要一起？”朋友又在招呼，他一年内已经去过两次了，还想再去。我说：“这次算了，谢谢。”

镰仓去一次怎么够，我还会再去一次镰仓，下一次，还是要一个人去。

镰仓

● 一切从日本桥开始

“你看过日本桥吗？”

酒过三巡，× 教授不经意地问我一句。

地点是有“东京上班族天堂”之称的新桥某处，有名的黑暗料理，三三两两的上班族喝了酒后释放白日压抑，逐渐喧哗，声音隔着房间也能传来，与室内的烟味混杂成新的合奏，不过几乎清一色是年轻男性，年纪大点的随着职位升了，估计多半去下一站的银座集合。

“什么，日本桥？”我以为自己听错了，有没有搞错，怎么可能不知道呢？老东京总是念叨一句话，一切始于日本桥，江户时代男女游街也往往要上日本桥。书里说日本桥是东海道的起始点，最早木制桥建于 1603 年，现在的日本桥到了第 19 代，虽然是 20 世纪初期产物，也还被认为是重要遗产，桥中央还嵌着“日本国道路元标”标志。日本桥直到今天也是通向五条主要干道的枢纽。不恰当地说，有点类似北京天安门、上海人民广场，但是历史可能更久远，位置更中心。

客座东京大学这段时间，我的研究课题是中日经济比较，平时也四下找机会拜访不同人等，我把倾听别人的日本观当成我最大的学习机会。日本桥附近机构诸多，从日本央行到三菱、野村、日本货币博物馆等机构均在侧，我在附近也算常客。

不过话说回来，日本桥什么样子，我努力想了又想，还是没有半点印象。

× 教授好像看出我的尴尬，笑着说，日本桥虽然有名，不注意很难看到。原因何在？因为日本桥上面有高架桥，几乎挡住了桥身，不注意不容易看到。这个时候，用日语说一声“原来如此”正恰当，但是原因的原因更耐人寻味。

某种意义而言，看不见的日本桥，也是日本土地价格高涨时代的遗产。当时地价高昂，即使公共城市交通用地也没有办法找到合适的土地出让，于是“聪明”如日本官员与工程师，就想出了在河上建造公路的想法，只是这样一来，日本桥之类名胜也难免被遮蔽了。

上次东京奥运会是 1964 年，这对于日本来说是经济腾飞和重回世界的象征，也是土地价格上涨的开始。为了奥运会，东京开始建设六车道的“首都高速环线”，而日本桥从此完全被掩盖在高速路之下。

在高房价之下，人类的想象力被激发到极致，类似的案例还有很多，比如大阪梅田还有从大楼中穿越的公路，至于比邻新桥的银座地区，还有一栋更出名的中银舱体大楼。这座大厦建造完工于 1972 年，正是东京房价飞涨的时代，银座更是寸土寸金的地段，建筑家黑川纪章以精湛的建筑技术和未来的都市想象建造了这栋楼，整栋楼由 140 个胶囊构成，这些胶囊可以用几颗螺丝固定在底座，也可以随时移动拆卸，更令人吃惊的是，胶囊面积仅仅 10 平方米，却保留了各种生活、储存甚至洗漱空间。在建筑家看来，未来人类很可能依赖一两个胶囊就可以生存，也可以随时拆卸搬家，这也成为黑川纪章的代表作。

地价上涨的泡沫时代，如同香槟一样醉人，银行的房地产贷款占据主流，利润也最为丰厚稳定，企业以土地作为抵押，随着土地升值继续抵押，购买更多土地，至于上班族，则过着物价与奖金工资一起上涨的日子，有时候前者多过后者，有时候是后者多过前者。泡沫时代的经历者，对我回忆起过去，更多不是陶醉或者悔恨，而是往往带有一种大梦初醒的困惑与恍惚。当时普通人在东京也能有一掷千金的机会，容易来的钱总是容易挥霍掉，往往过着一天晚上换四五家酒吧喝酒，晚了就打车回家的日子，当时最流行的段子是，即使出租车司机，靠小费而不是主业也可以养活自己。

香槟一旦开启，盛宴不到最后一刻，难以终结，尤其伴随着80年代后期的日元升值，即使经济增速已经比60年代的双位数大幅缩水，但是货币政策仍旧宽松，不少政策制定者认为这还是一个黄金时代，当时的税制也对企业投资、房地产给予各种优惠，降低土地转让税，降低企业持有土地成本。

从80年代中后期，地价一路上涨。东京的价格更为突出，东京聚集越来越多人口，日本政府在70年代甚至因为地方压力出台大都市集中抑制政策，但经济动力总是超过行政阻力，东京今天聚集日本四分之一人口。在80年代，东京房价永远上涨的观念从民间到官方都有共识，东京更是有建设国际金融中心的梦想与雄心。即使1985年日本城市化率达到76.7%，住房自有率达到59.5%，东京房价已经达到历史高位，但日本国土厅此时预测东京圈至2000年将建设250栋超高层大楼，在1987年还提出以东京为世界都市的全国第四次国土规划。

在最高时刻，一种传说是东京房价就可以买下整个美国。东京的房价指数从1985年的105.9迅速上升到1988年的283.2，东京的上涨也带动其他都市圈核心城市的房价上涨，从1986年到1991年，日本全国六大城市的房价指数上涨超过两倍。

到了1989年，一直按兵不动的日本央行终于出手，戏剧性地三次提高利率，大藏省也于1990年3月开始实行房地产贷款“总量控制”。多重紧缩之下，日本股市开始下跌，继而房地产开始走低，日本第一的时代在 20 世纪 90 年代初期戛然而止。

失去的二十年开始了，其影响波及了起码一两代人。通缩开始，普通上班族进入了工资不涨物价也不涨的局面，而更多年轻人则遭遇职场冰河期，日本非正式雇用比例也从 90 年代初期的十分之一上涨到四分之一。更多二十多岁年轻人没有机会看到如日中天的日本时代，对于未来的悲观成为一种集体情绪。

房地产上下游之广，在全社会参与的时候，其实波及了整个日本经济，可见流行的“局部泡沫”的说法并不成立。直到 2007 年，日本六大城市房价仍旧不到高点的三分之一，中间蒸发的不仅是财富与购买力，还有投资能力与信心。为什么恢复需要那么久？原因在于日本企业充当了购买土地的主力，当土地价格开始下跌之后，除了高价买入住房的购房者的悲伤故事，不少企业则更为痛苦，因为他们发现自己陷入资不抵债的情况，即使自己的产品与服务还有市场。这种情况之下，企业开始默默地还债，不再借贷，缺乏投资的经济进一步陷入通缩。按照野村经济学家辜朝明的研究，日本其实从 1995 年才开始痛苦的资产负债表修复过程，这一过程持续了十五年。他告诉我，虽然今天日本资产负债表修复已经完成，但是心理创伤仍旧存在，企业的信心失去了，这也是当前日本企业不愿借贷不愿投资的障碍。

日本房价的故事还没有完，据说在国人买买买的热情之下，东京公寓楼行情也开始有所回暖。对比京沪价格，东京房价前些年原本大概是六到七成，如今相同地段更是接近五成，加上永久产权以及5%以上的租金回报，难怪土豪们觉得便宜。如果简单对比收入，中日房价的逆转自然不可思议，但是如果考虑中国尚在搅拌翻腾的发展阶段，那么土地价格的溢价表明，中国机会可能多于日本，而且未来加杠杆的途径仍旧不得不依赖房地产。

经济学一向承认贵有贵的道理，但是考虑当下中国4个一线房地产价值就已经超过中国全国GDP，这场史无前例的房价上涨最后会席卷多少人，将是一个谜，不过我们离答案或许并不遥远了。我在日本，最常问日本朋友的一个问题是，觉得当下中国经济相当于日本什么时候？通常答案往往是70年代或者80年代中期，但一位研究房地产泡沫的教授想了想告诉我，比较像泡沫时代。

他的想法不是个案。我和国际通货研究所经济调查部长（兼开放经济调查部长）佐久间浩司交流时，他给出一组资料，从污染来看，中国类似日本刚刚发展的五六十年代，然而从Fintech、共享经济方面来看，中国其实又在日本之前，从80年代中后期的日本经济来看，在中国则又是已经发生了的事，他感叹，不得不佩服中国管理者，要同时管理那么多同时发生的事。

中国的调控术，在外人看来或许犹如魔术师的抛球游戏，娴熟而有力，但再高明的魔术师，也有失手的时候。因为规模、国情等不同，日本的经验并不全适用中国，但是泡沫时代的日本房地产教训显而易见，首先不应该让泡沫大到无法收拾，其次当泡沫大到无法收拾，不要轻易刺泡沫，否则会导致无序杠杆。这显然是一个两难，但是日本的教训恰恰可以说明的是，如果不能妥善处理这两难，那么结局不妙，此刻适当的谦虚可能比决策的傲慢更有效。不少人认为日本经验毫无价值，主要原因是规模相异，有趣的是，80 年代日本也多少弥漫着这种国外经验已无可学的论调。我拜访辜朝明时曾咨询他的意见，他严肃地回答，这种想法不仅错误，而且危险。

日本桥重见天日的计划目前尚无下文，至于上文提到的银座中银舱体大楼，如今半数胶囊已经无法使用，有的甚至已经有所残破，关于整栋大楼应该修缮还是应该拆除的争议一直存在。即使如此，这栋有着未来感的大楼仍旧吸引了不少世界朝圣者，或许游客在银座除了买买买之外，更应该移步一观，尤其在于其历史意义。

日本桥

● 那些旅行教给我的事

多少人一起旅行为好？

倘若一群人，有方便的地方，可以包车包船，也有不方便的地方，即使兴趣相投，为了同一个目标，到底还是要符合集体行动，有点像创业工作，好的话类似群体奋斗，不好的话大概就是不堪忍受的朝九晚五；倘若是两人，好像是进退可否的组合，但这也需要双方配合；至于一个人，是这些年各类社交媒体流行的励志体小清新风格。事实上，一个人旅行，少了他人陪伴，也有诸多不方便的地方，不过倒是真的比较接近旅行的本质，尤其如果是女生，选择地点谨慎一点比较好。

好的旅行，往往会带来新鲜的刺激和改变。我和一个东京大学的经济学教授闲聊，她的研究方向是中国经济史。她说如果不是因为偶然的时代变化，她应该就去北京而不是美国留学，她当时很期待了解中国，最大原因就是 80 年代她偶然去了中国旅行，发现一切和日本如此不同，从此开始下决心研究中国。一次旅行开启对一个国家的兴趣之旅，类似的情况在日本学者也不例外。

这位教授觉得现在中国和80年代日本很接近，因为不少中国人开始出国旅行，问题在于，环球旅行的流行，是否就意味着了解世界呢？一个国际化的朋友惯常去五大洲活动，而且凭借他的聪明往往可以以寻常价格换商务舱出行，他就说过一段有意思的话："中国之前所谓的那些环游世界的人，发现要想有收获，还得有文化有眼界才行。不然看到的浮光掠影和当地风土人情，靠Google搜照片和看维基百科其实完全不难了解。"

是啊，新玩家，旧知识，世界对中国只是刚刚打开，大家也刚刚自由上路，学会区分观光与旅行，学会将旅行的意义从对人炫耀到自我满足。所以不要随便嘲笑大妈们的海外广场舞，对于白发苍苍时国门才真正打开的人来说，一切都来得如此猝不及防，她们或者他们，还来不及整理好自己去面对。

只有当自由行成为一种可能，和谁一起旅行才成为真正的问题。从本质而言，旅行如陪伴。我一直认为和谁一起旅行比去哪里旅行更重要，不过我逐渐明白，旅行本质也像人生，既是目的导向也是过程导向，很多伴侣无论当初如何如胶似漆或者如何势如水火，到头了说起来也不过"陪伴"二字。陪伴是什么，或许真的不是惊心又动魄，而是相看两不厌，未必要如模范夫妻那般举案齐眉，但是底线在于尚可忍受——不要嗤笑这一见识鄙陋，毕竟人生还有很多事无法忍受，也有很多事不得不忍受，换言之，你可以忍受人生，那么想必也不得不忍受旅行。

既然是结伴，其实往往有得有失，好的是彼此有了商量，坏的是大家都得妥协。旅行是一种温和的冒险，曾经有人生经验丰富的人，建议商业伙伴或者男女朋友，在交往之前进行短途旅行，类似一种测试，如果合不来，那么可能以后也合不来。对于这种说法，我一直很怀疑效果，如果刚开始交往，大家都比较收敛，看起来的合得来不过是假象，当然，如果一开始合不来，也可能是需要时间磨合，更重要的是很多时候明明知道不合适也不得不将就，毕竟真实世界没有那么多选择。当然，从我朋友的案例来看，有人这样做了，结果短途旅行效果不佳，大家意识到如果不马上结婚可能就没法结婚，索性加快了结婚进度，当然几年之后也离婚了。

说到底，生活就是无数个妥协衔接，真正消磨情感的不是天人之际的考验，往往是日常无数个琐碎细节。即使我看到结伴而行比较好的伴侣搭档，往往是以一方的宽容甚至忍让为代价，而另一方往往不是毫无知觉就是自以为自己在忍让，这就是人生吧。

旅行事小，可见心性。以真正有大名的作家为例，往往不提同伴，奈保尔留下妻子在英国，带着情人走了不同国家，作品几乎不置一词。至于张爱玲，去台湾，更是吝啬到不给接待方一个名字。倒是和名作家一起出行的，自是喜不自胜，念兹在兹不说，恨不得登时写进回忆录。原不是名人古怪，是旁人殷勤太过。

有香港专栏才子曾说，一个人去旅行其实一点也不孤独，是实践人生最绝对的自由，还可以很性感。这话不假，但是能够独自旅行很性感很自由的人，很难想象在生活中会很丧气，而在生活中枯萎不堪的人，一个人旅行，也不过是孤旅天涯。或者说，选择独行的人，本身已经具有自由气质，并不是独行才给予他们勇气，而是他们有勇气独自上路。

才子文中，继续幻想有女子在巴塞罗那遭遇眉宇原来很阿尔·帕西诺的拉丁男人前来搭讪。谈完自由后马上这一转折让人有些发讪，原来自由不外如是，出走如果是为了偶遇到底格调不高，甚至独自旅行到底也如同独身女子一般被凝视，一如专栏文字，刚刚起了兴，随后就收尾，流俗了，倒是旅行，长短都可行，短途或许更佳。

一人孤旅，梦里不知身是客，听起来好像是安慰，其实真体会了才知道背后惆怅，梦醒之后，则无处不是客。以梦与客的心态看旅行，大概也不错，安然接受是常事，少了处处做主场的焦虑。

旅行不是cosplay

我常常认为，对同一件事的不加节制的反复宣讲本质都是粗俗之举，即使这件事本身或许是雅事，如美食，如读书，亦如旅行。据说哲学家布莱士·帕斯卡曾经说过，人类不快乐的唯一原因，就在于他不知道如何安静地待在他的房间里。如今随着国门打开，荷包满满的国人变得无处不在，旅行也成为新景观。

旅行有不同，有人收集更多地名并深入了解一个地方，有的人喜欢在不同事物中寻找相似性，有人享受同一事物的多样性。从期待的回报而言，有人希望每件事都有回报，有人则纯粹喜欢付出，旅行基本可以分为消费和投资两种，这其实是两种人的区别，旅行如是，兴趣如是，爱恋如是，职业如是。

譬如很多名人故居，借此就可以有什么谈资，懒散的人如我懒得过去，浅薄的人或许去摆拍一下即可，然而有投资倾向的旅行者希望更多回报。

翻过一本日本出版的《文豪之家》，不知选择标准是什么，最有意思的就是第一个太宰治，他在青森的家真是够大。对那些不辞麻烦一访各种故居然后各种炫耀的人，我总是在佩服之余又有些看低，不过到底还是比单纯买买买的观光客好一些吧，但是如果只是按照别人的经验复述网上的资料，对于现场毫无感受，那么这样的旅行无非更类似深度一点的到此一游。

有朋友不仅在旅行过程中行程满满，目光如摄影机一般生怕落下丝毫，恨不得将一次旅行时间与精力预算用到十足，譬如千里迢迢去了就是为住在小津安二郎其实并不那么舒服的房间，或者去三岛由纪夫自杀之前的饭店吃上一客其实并不那么好吃的午餐，又或者天寒地冻跑去雪国cosplay一下川端康成的雪国之旅。

这种煞有介事或者一本正经，比起一无所知当然好一点，但是可能也只是五十步笑百步，也隐约透露出无处不在的焦虑，有时事后的念念不忘似乎也只是为了在朋友圈添加一个注脚，甚至有一种在国内各地开花的世界乐园之类地方走访世界各地名胜的违和感。毕竟旅行或者观光，是为了一己快乐，并不是刻舟求剑的模仿秀。如果以为这种模式可以加深甚至取代对于文本甚至人生的感受力，无非缘木求鱼，亲近一个喜欢的作家甚至喜欢的人，贴得太近从来不是最佳欣赏方式。

旅行与记录息息相关，但是旅行自身也有其意义，记录不过是附带品，毕竟今日的旅行不再是昔日贵族绅士的冒险，而是一种平民化的消遣，放低姿态与心态或许更得要领，正如曾获得诺贝尔文学奖的奈保尔所言："在19世纪，有些严肃的旅行者去到不为人知的地方并做报道。旅行对他们来说很苦；现在，旅行变了，旅行成为一种平民的日常小事，它成了一种低下阶层的冒险。"

然而，今日的旅行褪去求知与冒险的稀有色彩之后，却可以更日常，更富有人情味。我想，如果生命还能有那么一点意义，无非意识并享受每个存在的片段。我以前旅行带过《金刚经》之类耐读的书，后来发现旅行时总是更该期待用眼睛和脚看到新东西，书带不带不那么打紧，甚至脑袋里带一本书去旅行也有点傻气。

如果不能体会这样的现场感，那么只是把旅行作为必须要有回报的消费，忙着判断，忙着记录，却忘了感受。有人读了很多历史，走了很多地方，最终还是无法理解当下，更不用说预测未来。这种行走，说到底真是纸上行走的变种罢了。但各花入各眼，没有必要一致。且说不少人连纸都没摸到，哪里有资格说什么纸上的旅行呢？

即使走过很多当地的土地，和很多当地人交谈，旅行者还是无法理解其目的地，甚至希望借助旅行了解目的地的想法也显得过于自大，甚至说不理解也是多余。因此，现代旅行更多只是关于旅行者本身，需要时刻记住，你所看到的，无非是你所期待看到的，你所听到的，也是你所期待听到的。

就像有一位英国作家所言，旅行的意义之一在于承认实地的旅行和期待中的旅行之间存在“差异”。理解这种差异的恒久存在是回归旅行本原的体面做派，如果说生活在别处，那么旅行只在当下，甚至我认为旅行最重要的是现场，无论是人还是景物，超越个人成见以及书本定见的能力比较重要，沉浸其中的感受力比起信息收集更有意义。

旅行即人生

你怎么旅行，你就怎么生活。

我有次谈旅行，曾经有微博网友回复说有点歧义，因为他认为旅行多是 return（双程），极个别例外，如爱上此地不走了定居于此，人生是 single（单程）的旅途，类似长征，在走起的那一刻，连最终的目的地在哪儿都不确定。这有点类似日本作家新井一二三对于旅行的评价：“人去旅行，为的是回来。

旅行的最终目的地始终是最初的出发点即故乡，不然的话就不叫作旅行了，那是自我放逐。”

但是换一个角度，如果从必然到达的终点来看，其实旅行和人生并没有太大区别，目的地可以看作中点，也可以看作终点。旅行与情爱类似，有人爱新鲜，有人喜欢熟悉，最开始有那么多眩晕与战栗，最后最成功的或者说最长久的就是彼此登对，从旅行方式可以看出生活态度，说旅行即人生并不夸张。

类似可以比喻为《志明与春娇》三部曲，第一部都是撩来撩去的风情万种，第二部已经是背叛前后不得不接受，到了第三部，不少人说已经是疲软之后的彼此接纳。

这就是人生，这就是旅行，如果结局往往是如此，快乐翻倍，妥协翻倍，天堂或者人间或者地狱，至于一个人，则永远是高于人间的一点点快乐，虽然一点点，但是也足够。

以前大家常说一个段子，那就是一个男人 36 岁，声言最爱的女人是妈妈，女友得妈妈先过目，婚后必须跟妈妈住，钱妈妈管着，自己花要请款，和女朋友出去旅游都带着妈妈，女友和妈妈掉水里肯定先救妈妈，如果是一般人会被骂死，然而如果是周杰伦呢？段子手或许觉得很矛盾，但是问题在于，如果妈妈能和儿子一起旅行，这样的妈妈很难想象有多难相处，不是吗？

然而，独自旅行对于现代人，往往被附带更多意义，比如成年。香港的陶杰曾说，世界上没有一个人长得跟自己一模一样，因此也没有一个人完全明白一个独行者的梦想，新井一二三则说，旅人看重自由，能够一个人旅行是独立人格的标志。

然而，一个人并不真的意味着自由，肉身的束缚可以去掉，灵魂的局促却仍旧存在，什么时候，等到大家可以清空脑袋，不用带着外界的期待以及自我约束真正上路的时候，一个人的旅行才真正算是自由。

虽然独自旅行对于国人还是一件很时髦很值得一谈的事，但是在西方似乎这是独立生活基本能力之一，有种说法是八大日常生活独立活动包括：购物、做饭、清理房间、洗衣服、服药、打电话、独自旅行、处理财务。独自旅行或许不是其中最难的一项，在独立的路上，看来大家还有很长的路要走。

在窥探与反窥探的今天，独自旅行也成为一种表演，我们不断调整自己的姿态去迎合这个世界的潜在期待，通过社交媒体完成自我建构。未来，当旅行脱离了评价记录观光之后，旅行应该恢复其纯粹的意义，作为消费的旅行，关于自我的旅行。旅行不过是催化剂，催化生活的其他。

作家周作人对于生活的体察充满情味，他曾经说过一句被引用很多次的话："我们于日用必需的东西以外，必须还有一点无用的游戏与享乐，生活才觉得有意思。"这话看似简单，没有诗和远方的激荡，却自有生活的简单纯粹，所谓无用的游戏和享乐，那么旅行也在其中，当旅行真的变得无用，或许才更接近旅行的意义。

如果把一无所有当作旅行的事先期待，把无用当作旅行的目的地，那么最终收获和快乐也会更意外，更多一些。一句老话说不是人在旅途，而是旅途载人，这意味着旅行既是连接世界的出口，也是我们自我寻找的路径。

那些旅行教给我的事

一次谈旅行的时候，有微博朋友说当下的"三大俗"（也是"三大雅"）是：没事、读书、旅行。

这话不错，旅行是大俗大雅的时候，可以如同红白喜事那般热闹铺张，也可以随自家心性潜滋暗长。我在东京游学期间，往往只在东京一带活动。每次聚会，学友们都晒出北海道、九州之类地方风光，嘲笑我安于一地。但是这就是我的快乐来源啊，也是我能想象的最能亲近东京的方式，在一个温柔的城市享受其岁月静好，即使不是东京这样时间与金钱铸就的寸土寸金的繁华，即使一个寻常城市，其实心情不同，每日看到的景致也不同，就像有人喜欢看过不同春色，有人一种足以，同中求异还是异中求同，数量还是质量，这是不同的人生观。

周作人喜欢日本，最初他跟着鲁迅住在本乡，最开始是汤岛二丁目的伏见馆，后来搬了几次，还曾经和日本文豪夏目漱石前后在同一个屋檐下待过，算是文学不可思议的机缘。周作人在日本待了六年，但是活动方位也多数在东京，甚至就在文京区与神保町一带活动，但是这不妨碍他对于日本的体察与审读，甚至把日本当作第二故乡，虽然他总是自谦对于日本文化云云够不上说什么认识。说起来，也许只有周作人这样真正的知日家，才有资格这样谦虚，能说了解不了解日本或者某个国家与地方，毕竟一般人的旅行，说到底，其实是为了自己，不是探求当地，总是以求知记录的心态去旅行，有时候难免会陷入一种快速且比较仓促下结论的怪圈。

旅行于我，好处之一还是忘了我是谁的闲逛，一般没计划，基本不联络熟人，有时会有偶遇意外之喜。有一次在台北，天空下起了雨，我正犹豫是否去台大，刚好熟悉的某老师在微信问询，就顺水见面。恰好他的太太也从大陆过来，大家一起雨中游台大，逛温州街，看紫藤庐，末了吃了老师太太亲自下厨的美味北京炸酱面，饭后听圣诞感言，举起威士忌聊到半夜。果然陋室不“漏”。

如此完美的圣诞，如此意外的惊喜。旅行之中，最喜欢的就是这种不麻烦又让人回味的偶遇，有人情味，而且无需太多努力。

人在旅途，遭遇雨天是常事，也最为考验心性。周作人曾经写信给有民国“副刊大王”之称的孙伏园谈雨中旅行的趣味与无奈：“北京近日多雨，你在长安道上不知也遇到否，想必能增你旅行的许多佳趣。雨中旅行不一定是很愉快的，我以前在杭沪车上时常遇雨，每感困难，所以我于火车的雨不能感到什么兴味，但卧在乌篷船里，静听打篷的雨声，加上欸乃的橹声，以及‘靠塘来，靠下去’的呼声，却是一种梦似的诗境。”最后几句话，既是无奈，也是一种近乎诗意的境界，也是对于现场感的感受力。

也许当我们开始学会接受旅行的“雨声”，静静地旅行之际，或许也真正开始学会静静地生活。就像我最喜欢的印度裔作家奈保尔，他几乎是以写游记获得 2001 年的诺贝尔文学奖，他在非洲、亚洲与美洲等地都经历了探索，吸收了不同的文化，他的游伴与好友如此评价他：“这样特殊的经历，他必须在他写的书中定义自己。”

比起各种翔实攻略以及穷游宝典，其实旅行对于现代人来说，更需要的是心态的变化，是眼界的拓展，知道与自己不一样的人与存在。真正有价值的旅行，往往不是知道自己知道，而是知道自己知道的不够多，难怪有人说好的旅行教给人谦卑。

富士山

迷色

● 一言难尽的日本歌舞伎

歌舞伎的本质究竟是什么？一言难尽。

无论是歌舞伎博物馆的青年导游小姐还是即将奔赴北京公演、年近六旬的歌舞伎名角中村雁治郎，在谈到这个问题的时候，都不约而同地如此回答。那么，这种曾经让在仙台读书的鲁迅流连忘返的古老技艺，魅力何在？

歌舞伎之所以难以定义，部分原因在于歌舞伎中有多种表演技艺呈现。歌舞伎的日语原文是 kabuki，ka 表示歌，bu 表示舞，ki 表示表演，而且歌舞伎从诞生之初一直源源不断地引入并吸取其他表演艺术的影响，从日本木偶戏“人形净琉璃”到能乐与狂言。对于中国人来说，如果粗略理解与中国京剧接近的日本版戏曲，可能相对好理解，但这种简化其实并不足够准确，二者也有很多差异。

首先，歌舞伎历史比较久，早于京剧，一般认为在日本战国末期就诞生，这意味着目前它已经有四百多年历史，传说最早起源于出云大社的巫女阿国。据传在庆长八年，也就是公元

1603 年左右，阿国为了募集神社的修缮所需，来到京都，在京都她通过加入故事情节等新形式来进行念佛踊（也就是念佛诵经时的动作舞蹈），在关西地区引发诸多关注，从此流传各方。

歌舞伎虽然诞生于战国末期，但是发扬光大却与江户时代紧密联系，正是因为江户时代两百多年的安定富足与商业文化，支撑了歌舞伎的发展与成型。在关于歌舞伎的公开资料中，大多都讲述过歌舞伎发展的一些变化。歌舞伎曾经经历不同阶段，最早是游女歌舞伎与若众歌舞伎，其中游女表示日本古代娼妓，若众表示年轻男子，二者的流行都带来了不少追捧，也带来卖淫或者同性恋等问题，导致幕府的不满，分别在 1629 年和 1652 年被禁止。到现在，歌舞伎基本是成年男子扮演，而且名角往往年过中年。我三月看了一次歌舞伎，其中一幕戏的主角是名伎真砂路，扮演者是四代目中村雁治郎的父亲，其婀娜的姿态以及娇媚的身段，完全看不出竟是一位老人。

其次，粗略从舞台道具来说，如果说京剧看重写意，那么歌舞伎更看重写实。京剧里面千军万马往往就是三两旗帜，而马鞭也可以代替马匹，歌舞伎则不然，其道具往往精美写实，比如一只飞着的蝴蝶也做得栩栩如生。很多道具可以在松竹歌舞伎座的歌舞伎博物馆参观体验，不仅可以摸摸看看，甚至还可以坐一下马匹之类。值得一提的是，歌舞伎的配音道具，比如用豆子流动模拟大海的声音，用有无数吊坠的扇子模拟下雨的声音，看似简单，却非常形象生动。

最后，日本的传统，不少也可以在歌舞伎中寻找。歌舞伎目前大概有数百名演员，不少来自传统歌舞伎家族，也有一部分来自国家剧院的培训，有统计说后者比例大概是三成。

有趣的是，日语的梨园和中文的意思一样，也往往表示传统表演的团体或学校，出身传统演艺世家的人有梨园子弟一说。比如前面说到中村雁治郎，其实更准确的说法是四代目中村雁治郎，意味着这个名字已经传承到了第四代。即使如此，对比歌舞伎四百多年的历史，中村雁治郎仍旧谦虚地对我们说，他的家族历史不算最悠久，“也就是从明治时代才开始”。他说自己的曾祖父是伟大的艺术家，正是因为其曾祖父才有了中村雁治郎的名号，也就是一代目中村雁治郎。

不同世代演员继承同一个名字，按照歌舞伎传统，这叫“袭名”，需要依赖自身表演实力获得证明。因为名字只有一个，因此往往在家族中传承，即使是家族成员，往往也只有一位袭名，这是极大的荣誉。这位有 50 年表演经验的中村先生，也是几年前才正式袭名。有同行朋友问起，他对于父亲（也就是三代目中村雁治郎）的印象和与父亲的关系，他坦言，小时候相处时间也不是很多，从小的印象就是父亲就是舞台上的人。

如前所言，成为一名歌舞伎演员需要在舞蹈、演唱、表演等方面练习，这背后的辛苦不言而喻，即使出身世袭家族也并不意味着一定会成功。四代目中村雁治郎8岁登台，2017年刚好是他登台50周年，当我向他祝贺时，他想了下，笑笑说算算确实是50年了。那么从他的经历是否可以看出歌舞伎演员的成长道路？回顾自己的成长，中村雁治郎说自己可能有点特殊，虽然成长在歌舞伎世家，但是小时候并不明确自己一定要做歌舞伎演员。即使小时候就登台，大家也叫好，但他也是在青年之后才确定从事歌舞伎表演，舞蹈方面的训练也是在不少前辈鼓励下开始的。他认为，作为歌舞伎演员，除了训练，喜欢是最重要的事。

中村先生说到歌舞伎传承时，曾用身边的茶杯举例。他说喝茶有很多种，举起茶杯来喝茶是一种，也许举起茶杯停一下再喝茶是另外一种，但是无论哪种，始终还是应该有一种仪式。歌舞伎的繁荣不仅在于传承，也在于创新，20世纪初期，日本文豪三岛由纪夫等人就曾经参与歌舞伎剧目创作，开创“新歌舞伎”（shin kabuki）运动，直到今天歌舞伎的新剧本还是不断涌现，类似川剧等变脸的舞台效果也屡屡更新。

近距离看歌舞伎

有意思的是，今天说起歌舞伎或者歌舞伎座，国人第一反应是新宿的歌舞伎町，二者其实天差地别。

先说歌舞伎町，最早是一片鸭池，后来填平成为都市用地。1945 年东京遭遇空袭之后，满城一片狼藉，重建也成为当时口号。如今的歌舞伎町在一番街的位置，开始开设歌舞伎表演，引发不少关注，当地的地名也因此变化，在 1948 年左右也被因此定名“歌舞伎町”，立意作为平民娱乐场所，这一区域甚至被外界赞誉为复苏最快的区域（全首都復興の月桂冠）。

然而，随着复苏以及日本风俗法案的变化，如今的歌舞伎町反而逐渐成为日本风俗行业的代表，千余家酒吧、俱乐部、情人旅馆等比邻而居，各类案内人流行。此情此景，倒是吸引游客持续涌入，但与开始的歌舞伎初心也关系不大了。这个案例也说明，城市街区的生命与使命，往往自发形成，虽然看起来与主事者的立意背道而驰，但结果也不会太差。

说完歌舞伎町说歌舞伎座，松竹歌舞伎座经历过不少变化，如今的歌舞伎座是几年前翻新之作，出自当红建筑大师隈研吾之手。松竹歌舞伎座位置靠近银座，据说是专用的歌舞伎座演出场地，一个月基本每天都有演出，分为白天时段和夜间时段，每个时段一般是3个剧目，还有英文字幕。

这一场地在寸土寸金的市中心，离我在东京的客居之地不远。以前路过几次，每次都看到人山人海，不少身着和服的观众在那边拍照留念，犹如过节。直到3月，我才去参观其歌舞伎博物馆以及歌舞伎演出。歌舞伎演出一般四五个小时，中途可以吃吃喝喝，好不热闹，舞台效果很棒。

难得的是，歌舞伎座建筑风格看似传统，实则达到空间的巧妙利用，隈研吾前后花了十年时间建设这一建筑，其个人风格并不明显，看来并没有过多炫技。在接受《朝日新闻》采访时，他认为自己的工作就是将大家认为的歌舞伎座“定式”再现出来，营造以歌舞伎座为中心，和城市相结合的“戏剧小镇”，重建“有节庆气氛的空间”。

或许正是这种热闹、喜庆的氛围，让歌舞伎座不仅成为东京这座现代都市中的传统景观，也让无数观众乐于在这样的氛围中购买价值不菲的歌舞伎票，欣赏演出。这里不得不提的是，歌舞伎是日本的国剧，歌舞伎演员的身份也很高，但有意思的是，据我了解，歌舞伎的生存并不依赖国家拨款，演出得到观众认可就相当重要了。

很多人关心的一个问题就是，歌舞伎怎么存活而且看起来活得尚可？歌舞伎目前在日本运营主要是依赖松竹公司，松竹全称是松竹株式会社，既位列日本五大电影公司之一，也涉足表演行业，历史如今也超过一百年。歌舞伎名角中村雁治郎对我感叹，歌舞伎经营有起有落，但是即使困难时代，松竹公司也没有放弃歌舞伎，如今歌舞伎的繁荣主要依赖观众买单。

如此看来，歌舞伎票价高似乎也有高的道理。东京歌舞伎座票价不便宜，到什么程度呢？一般售价是 5000 到 20000 日元，对比之下，电影一般是 1800 日元，可见看歌舞伎对这些年不怎么愿意花钱的东京人而言也是有点轻奢的消费。但根据我的观察，演出几乎都是满座。

为什么东京人愿意花那么多钱来看歌舞伎？某种意义上，歌舞伎的存活也是依赖市场的力量。根据中村雁治郎的介绍，虽然歌舞伎经常和日本能剧、狂言一起作为日本传统曲艺宣传，但是其实歌舞伎和其他两者区别不小：后两者起源于武士等阶层，起源于出征之前的表演，而歌舞伎一开始就是街头艺术，这么多年来一直吸收不同艺术门类，所以更类似平民艺术。换而言之，从诞生到演化，歌舞伎表演一直面临各种挑战，明治之后先遭遇西洋戏剧挑战，1945 年战后因有自杀忠君等情节一度被美军禁止，但是经历这些挑战之后，歌舞伎能够再次复兴，用我们的话说，群众基础不错。

艺术归艺术，钱归钱。歌舞伎的生存其实不仅仅是技艺问题，更需要吸引更多观众。对此，经营方也想出不少办法。比如对于只是体验歌舞伎的朋友，歌舞伎座也提供一种新方式，就是“幕见”这种观看方式，让大家以低廉价格体验一幕短的歌舞伎；再比如，以参观歌舞伎博物馆等方式，让大家直观感受歌舞伎服装与道具；至于演员袭名等大事件，也会有巨大的宣传以及游行等攻略。如今歌舞伎为了吸引更多年轻人，不仅有歌舞伎版本漫画，甚至不惜搭车新的 VR/AR 技术，让歌舞伎演员中村狮童与虚拟歌手初音完成“联袂出演”。

基于文化交流等原因，歌舞伎常常到海外公演，中国也不例外，甚至早在中日建交之前歌舞伎就已经来过北京公演，可见艺术交流历史永远早于政治。歌舞伎在 2017 年 3 月 17 日来北京公演，更是作为中日建交 45 周年的契机再度前来。对于主要依赖自负盈亏的歌舞伎行业来说，歌舞伎海外公演并不容易，按照中村雁治郎的介绍，有时候歌舞伎看着就是一个人在台上走，但是台下有一二十人在配音，所以歌舞伎出国表演不容易往往不是因为外界猜想的政治原因，而是因为经济原因，毕竟人力消耗不起。

中村先生已经几次到海外公演，这也不是歌舞伎第一次去北京，那么海外观众对于歌舞伎的接受度到底如何？一个障碍在于，观众反应不同。原来在日本，歌舞伎观众叫好不是叫演员名字，而是叫演员所属家族的名字，比如中村雁治郎出自成驹屋，观众如果叫好，就应该是一片“成驹屋”之声。海外观众并不理解这点，中村先生表示毕竟不能让日本人混进去带头叫好，但是他相信艺术是可以超越语言的，就像日本人看京剧到动情处也会流泪，说着，他用清晰标准的中文说了一句“霸王别姬”。

中村雁治郎的想法是否太乐观？从主办方的消息来看，北京公演的票基本提前售罄，看来，艺术确实可以跨越语言之类的鸿沟。

歌舞伎

歌舞伎舞台布景

●《昼颜》的日常世界

很多人都在看《昼颜》，却很少人在谈论。

这也难怪，“昼颜”本是一种白日开放晚上凋零的花朵，在日本文化中通常也被引申为白日出轨的家庭主妇——一边是网络媒体上充斥着的人妻、出轨、大尺度之类关键词，另一边是关于《昼颜》的评论还是太少，甚至讨论《昼颜》也形成一种道德困境。本来日剧一向不太针对男性观众，而《昼颜》投射到家庭的题材，更使得以家庭女性为主的观众讳莫如深。

禁忌本身就是一种吸引，不妨碍《昼颜》在日本和中国的收视率都一路走高，11 集的连续剧在日本的平均收视率为13.9%，成为当季日剧中仅次于木村拓哉主演的 *HERO* 续篇的亚军。甚至，若有人在朋友圈发一条关于《昼颜》的信息，也能意外得到各种回复和倾诉。

国内网络评价日剧《昼颜》领先国产剧 50 年，真的如此吗？

故事开头很简单，说的是两个婚后生活并不幸福的家庭主妇，家庭背景各有不同，但都各有愁绪。一位是泷川利佳子，家庭优渥，丈夫还是体面的杂志主编，膝下还有一对可爱儿女，出入也有品位不俗的座驾，但是却屡屡沉迷于网络与现实中的不伦之恋，另一位是笹本纱和，家境一般，与丈夫表面和美有爱，其实已经是无性婚姻，她在超市打零工之际遇上了一个颇有好感的生物老师，即使知道对方有家庭，双方仍旧彼此走近。最终，这两个突破禁忌的女人，会走多远？

本来这样的题材，实在不是我的兴趣，随手一翻欧洲老电影，类似桥段比比皆是，出位更是有过之而无不及。至于“偷情是恋爱的终极方式”“只有在外面有了男人，才会因为自知理亏而对丈夫和孩子更好，否则谁会甘心为男人洗内裤呢？”等所谓惊人台词，我也只是觉得老套，不禁感叹到了21世纪还有人对此耿耿于怀？不过，在美剧断档百无聊赖时，开始看《昼颜》，顿时感觉上当，评论误人，说好的大尺度呢，这明明是一个很小清新的故事。

情节很简单，两位家庭主妇，一位是生活优渥的美艳少妇利佳子，代表了典型的昼颜妻，她的态度是比起出轨被发现的罪过更大，另一位家境平平而纯情动人的笹本纱和，典型的邻家女孩，最初对于利佳子的态度不屑一顾，这也隐喻观众的视角。但是一位中学生物老师北野裕一郎的出现，让三人的生活有了交集，原本对于利佳子的生活态度非常不认同的纱和情不自禁步其后尘，甚至自以为能够进退自如的利佳子，也因为爱上丈夫部下一位不得志的画家而陷入离婚纠纷。

利佳子或者纱和，看起来并无太多共同之处，而将两人连接在一起的“共犯”，正是两人家庭生活看似幸福却难掩冷淡无爱。利佳子老公只是需要一个美丽主妇而无视其内心挣扎，而纱和的丈夫对于宠物的兴趣也大于妻子，两位都代表了男性对于婚姻的部分态度，将妻子视为生活基本功能而不是情感归宿，正如里面的台词“结婚换来了稳定，但是失去了激情。婚后3年，老公就把老婆当成冰箱了，不管什么时候，打开门就有食物。坏了会很不方便，但是他也不会去保养”。

看到这里，隐约是一个女性追求爱情的典型剧本，亮点没有多过纯情韩剧。但是剧情有耐人寻味的一面，比起女性对于爱的执着追求，反观男性，最多感慨倒是男性的爱无能，无论是生理还是心理。人类作为猩猩的近亲，生物上就有轻微的一夫多妻制倾向，而如今一夫一妻更符合文明以及社会发展，但是也会面临各种挑战——《昼颜》中将出轨对象设置为生物老师，加上很多生物学台词，并不完全是偶然。

在一个后现代社会，其实家庭的作用更多退化为对抗不确定社会的契约，性以及繁衍后代的传统功能不再成为唯一——最极端的情况如当红电影《她》（*Her*），当人可以随时随地和程序谈恋爱的时候，情感的巨大空洞仍旧有待填补。换而言之，当生活各类需求随处可以满足时，情感反而显得珍贵起来，家庭作为情感的联结，其作用其实非常重要，尤其对于男性。相比女性对于情感的直接渴望，男性的需求更为隐秘低调。典型如纱和的出轨对象北野，他是一位高中生物老师，他的妻子是一位大学老师，美丽有为，体贴开朗，除了不会做饭之外好像无可挑剔。很多社交媒体上的评论都说想不明白北野为什么出轨，其实原因主要在于两人之间的无爱，北野面对妻子的力不从心，甚至妻子的成功也成为两人日渐疏远的原因。

贯穿《昼颜》全剧，制作方试图给出一个悬念：从罪孽开始的恋爱，完结时，妻子选择的是丈夫还是情夫？即使如此还是有为出轨洗白的指责。一边迎合主流印象一边反叛传统观点，两边讨好的策略从来是卖座要点，可想而知结局肯定是各方满意的平庸结果,因此看不看大结局都无所谓了。正如我前面所言，这其实是一部很小清新的日剧，淡淡的忧伤，谈不上多深刻。

《昼颜》的好，不在于宣传中的那些噱头，而是关于普通人的生活。如果去过日本，其实感触更多，一方面社会传统分工继续保持，女性大多受困于家庭，也将美发挥到极致，另一方面则是经济孱弱的后工业时代，生活水平已经超越大部分国家，而社会整体状态疲软不堪。二者倒也印证了日本“物哀”传统，这是文明终结的地方，只有日常生活，没有戏剧化的人生，而这其实是人的福祉。

值得玩味的是，偏偏不少人只看到各种中产阶级道具，就像看《绝望主妇》偏偏在意独栋别墅，看《昼颜》只见名牌内衣奥迪跑车，好像不够中产就不够谈情，也许国内文艺观众确实更适合《黄金时代》，而普通观众大概还是习惯婆媳大战。想想也是，如果经济上日本超前中国二三十年，文明程度的差距说不定更大。当别人只有琐碎爱恨之际，我们或许还在为《蜗居》之类戏剧挣扎，经济上的中产阶级或许有了，精神的尚未到来。

中午时分的东京

• 大岛渚：陌生人的慈悲

老式眼镜、花白短发再配上微微蹙起的眉头，甚至据传有点“妻管严”……大岛渚晚年照片看起来温和敦厚，委实更类似一个退休的大学理科教授，与日本新浪潮电影旗手以及诸多粉丝膜拜的“情色片大师”定位看似大相径庭，更与“一位没有君主的武士”的评价近乎南辕北辙。

幸好，外在并非唯一，大岛渚暴力得一往无前的作品背后，也自有温情脉脉的闪现。2013 年 1 月，这位日本导演因肺炎过世，关于他的热切纪念也喧嚣一时。

大岛渚，1932 年 3 月生于京都，白羊座。他 6 岁时父亲去世，18 岁时进入了京都大学法学部——这是他理想中的大学，他却似乎没有在法学部找到自己的理想。大岛渚对于法学并无太多兴趣，据说他甚至未能通过法学部助手考试。

和那个时代的青少年一样，除了诗歌、小说和运动，左派思潮成为一时流行，大岛渚狂热地卷入了学生运动，他曾经担任京都大学学生联盟主席。1951 年，日本天皇访问京都大学，而同学则被禁止公开提问和回答问题，于是大岛渚等人开始张贴大字报，公开要求天皇不要再神化自己。这次“天皇事件”成为引爆的导火索，导致了学生联盟的解散。

和大多数学生运动一样，这场运动开始轰轰烈烈，甚至引发了游行，最后却以失败告终。至于大岛渚本人，也由学生运动的风云领袖变为差点找不到工作的“赤色分子”。误打误撞之下，对电影所知甚少的大岛渚进入松竹公司大船制片厂工作，曾经的学运生涯则成为最好的素材，他 1960 年的作品《青春残酷物语》也与此直接有关，并且这部电影真正揭开了日本新浪潮电影运动的序幕。

大岛渚无心之下涉足电影业，其发展却堪称顺利，由编剧起家，他在 27 岁就破格成为导演，后来又与同事成立独立制片的“创造社”。从大时代来看，新浪潮电影席卷全球，日本战后六七十年代经济的崛起使得人心思变，而战后日本与美国等紧张关系也使得社会变动加剧，年青一代迷茫日深。

如此之下，手法翻新与革命意义的大岛渚电影应运而生，在日本电影的殿堂独树一帜。经历了多年低成本之作的探索之后，在国外资金的支持下，大岛渚 1976 年导演的《感官世界》达到其艺术生涯的一大高峰。这是根据 1936 年著名的阿部定事件改编，迄今仍旧是名列禁忌作品的佼佼者，甚至在日本流行小说《失乐园》中也可看出一些受其影响的痕迹。两年之后，《感官世界》的姊妹片《爱之亡灵》为大岛渚摘得第31届戛纳电影节最佳导演奖，奠定了其国际地位，使之在70年代就名列《电影旬报》最佳日本电影导演。

进入80年代之后，大岛渚对于感官世界的探索并未止步，既有描写同性之爱的《圣诞快乐，劳伦斯先生》(又名《俘虏》)，也有涉及人猿感情的《马克斯，我的爱》。进入90年代，当人们以为大岛渚已经完成其创作生涯之际，他在世纪末又推出了《御法度》，男色与暴力，随樱花起舞，延续其争议声名。

导演以作品说话，但是如果以为大岛渚的世界只有情色暴力，那么可能大谬特谬。这位艺术家的左派特质，在作品中始终隐约闪现，难怪有人评价其为“一位电影世界的浪人”，学生时代的残酷教训与理想印迹，似乎无声遁入其中。甚至，他常常被冠之的“情色”二字，本来就是身体政治的极致——如果性在福柯那边被异化为一种惩罚与训诫的现代权力，那么大岛渚则将其演变为对战争、社会、体制甚至虚无的一种对抗，即使这种对抗往往显得自毁而徒劳，所以难怪他的主角往往是反英雄，有着“被侮辱与被损害的”的愤怒抗争与无边绝望。

尽管如此，大岛渚的世界并非一片暗黑，其中仍旧不乏人情的温存，这往往不存在于主角们的抵死缠缚之中，反而不时幻化自陌生人的慈悲。例如，在《圣诞快乐，劳伦斯先生》中，同样是一个关于文化冲突的故事，甚至其间的同性暗示也让人想到《阿拉伯的劳伦斯》。影片背景设置在二战时期，正值日本不可一世的1942年，即使在南洋爪哇岛的热带丛林中也无例外，故事就发生在其间一所日军俘虏收容所。在这个分裂、压抑的禁色世界，反而是北野武饰演的看似孔武粗暴的原上士最具人情味，临别之际的一声“圣诞快乐，劳伦斯先生”令人心折，就像《爱与希望的街》中少年卖鸽子虽是行骗，却不肯多收300元一样，也如《青春残酷物语》中的阿清出卖了一切，却最终宁死也不愿意出让真琴，这些细节微弱却有力，顽强地存在。

这部以同性之爱出位的电影斩获不少荣誉，例如1984年《电影旬报》观众选择奖最佳影片，观众口碑亦佳。对于影片的解读升华亦各有不同，有人喜欢坂本龙一的音乐，有人分析了文化冲突，也有人强调政治迫害，更有人强调反战意识，但不可否认，这也是一部关于相遇的故事，人和人，灵与肉。

一切大师皆有原点，甚至很多人终生都围绕同一个主题展开，大岛渚亦不例外。他第一部担当编剧的电影就是上文提及的《爱与希望的街》，然而，这是一个没有希望的故事，肮脏嘈杂的贫民街，家徒四壁的三口之家，母亲经年累月在街上给人擦鞋，年幼的妹妹无人关照而陷入自闭，善良的哥哥虽然学业出众，却不得不上街买卖，甚至不得已行骗，即使有富家少女的青睐，最终还是一场虚空，甚至具有象征意义的白鸽也横死……后来得知，原来大岛渚最初希望将其命名为《爱与悲伤的街》。

有爱，也有悲悯，这就是大岛渚。

● 茂吕美耶的日本浮世绘

“茂吕美耶，Moro Miya，所以Miya并不是笔名或是艺名。”

这是水瓶座的茂吕美耶典型的开场白，简单明了，不拖泥带水，不过熟悉她的人都亲昵地称呼她 Miya。

茂吕美耶个人经历颇为传奇，她是出生于中国台湾地区的中日混血儿，母亲是台湾人。根据她的自述，“直至高中毕业之前，一直是个土生土长的高雄姑娘”。小时候父亲从来没有给过她一句重话，宠爱她甚于弟弟，曾经有言，“女孩，生来是要宠的，不能骂，更不能打”。10 余岁时，茂吕美耶随父亲来到日本定居，一度嫁入豪门，也曾变卖古董度日，亦修习甲骨文，离婚后更是独自带着两个幼子，不顾山遥路远来到中国郑州大学留学。

与少时为爱走天涯的激情飞扬不同，而立之后的茂吕美耶找到了更为平和恬淡的存在方式。借助网络时代的无国界交流，茂吕美耶开始意识到自己的优势在于能够以语言为工具在两种文化之间自由游走，于是悉心经营“日本文化物语”网站（http：//miya.or.tv），引来不少粉丝，猫娘部落格（http：

//moromiya.blog.so-net.ne.jp/）访问量亦不俗。

身为女子，她写博客，著书，走红于网络，虽言努力修行为中日文化搭建“桥梁”，却又从不把文化交流当作阳春白雪，亦不扮正襟危坐相，她追求的是“无心插柳柳成荫”的境界，亦始终以民间草根活动自得。她曾经对我举过一个具体例子，她养过狗，家中也有4只猫，但绝不买宠物店的名牌猫狗，都是收养些无家可归的猫狗，“这些事，我从来没在书中提过，但我的博客读者都知道，有些人似乎受到影响，也开始收养孤儿猫狗。这是我当初完全意想不到的现象，亦是我觉得最欣慰的一件事”。

一

继《江户日本》《平安日本》之后，茂吕美耶把目光投向豪杰众多的日本战国时代。在作品《战国日本》中，继续严肃地“八卦”日本历史。我曾经问她，觉得战国时代和日本其他几个时代有什么异同。她回答说，战国时代在日本史中很突出，日本人很喜欢聊那个时代的话题，因为那个时代群雄割据，政局纷乱，出现很多英雄，织田信长在那个时代统一了日本，推翻之前的文人贵族治国制度，树立了武家治国的根基，实践了只要具有实力，任何人都能出人头地的民主意识。

在她笔下，诸多战国人物也被重新解构。比如，对于德川家康的好耐性，茂吕美耶从饮食上溯源——他很爱吃麦饭，因为小麦的钙质比白米多七倍，如果平日三餐钙质足够的话，就不会易怒、急躁。对于她而言，日本的战国时代类似中国的春秋时期，自己的优势在于女性视角。我问她，日本的战国时代能人武将辈出，她的群英谱排行也和别人的不一样，比如对上杉谦信比较感兴趣，原因之一就是不少人说他是女人。她说，自己对上杉谦信感兴趣，原因并非有不少人说他是女人，而是他的办事作风在那个不是你死就是我亡的时代很特别，当然如果他真的是女人，那就更好玩了。

《战国日本》中，挑选了大事、饮食、女性、城池四个角度重现日本战国的整体时代风貌，据说目的是为了吸引女性以及至今对日本历史不感兴趣的读者。有意思的是，她在战国历史中特别花了不少篇幅谈到女性，尤其对很多历史中“恶女”也很在意。我好奇地问她，女性在战国时代的地位、作用和其他时代有什么不同吗？她的回答倒透露出那个时代的阶级性，即一般女性在日本战国时代与其他时代没什么分别，但上流阶级的女人就不同，因此她们的婚姻都是政治婚姻或包办婚姻，“这和现代某些名门女子一样，为了保护财产、利益以及门当户对等问题，不能自由恋爱也不能随便嫁人，搞到最后都成为剩女，嫁不出去。当然，战国时代的名门女性还好，即便再婚、三婚、四婚，只要你是名门出身，总有人会娶你，现代日本的名门女子很多非常惨”。

中国人对于日本历史的了解更多来自影视，比如日本放送协会（NHK）自 1963 年起每年制作一档王牌节目：《大河剧》。我也时常自问，中国和日本都是亚洲的后发现代化国家，对于中日两国人而言，对彼此的历史，应该抱着什么样的心态来解读？

茂吕美耶这样回答我，首先必须理解自己国家的历史，进而理解邻邦国家的历史，最后再扩大眼界去理解全世界的历史。“日本的战国时代相当于中国的哪个时代？中国的某某朝代相当于其他国家的哪个时代？日本和中国的某个时代，其他国家到底发生了什么事？这样逐渐扩大眼光去读历史书或比较彼此的历史时，就不会感觉读历史只是用来应付考试，必须死背那些年代大事，很枯燥无味。”她也强调，最好不要局限在中日两国的历史，如果把所有国家的同一时代的历史大事排在一起研究解读的话，历史是非常有趣的。

中国过去常常说中日“同文同种”，但事实上这种说法大家也逐渐认识到失之片面，比如华裔日本作家陈舜臣曾说中日“邻人论”，提出中日两国虽然近如邻居，但彼此并不了解。作为中日混血儿，长期居住在日本，也在中国大陆和台湾地区都生活过，我很好奇她对这三地的文化异同是怎么看的。

茂吕美耶如此回答我，她把中国大陆比喻为拼图，每片拼图内自有一个世界，中国台湾则像个熔炉，融合了许多文化，类似传统菜市场或市集，看似很嘈杂，但充满活力，至于日本，则是个混血国家，混合了世界各国的文化，经过筛选提炼，最终形成自己的独特风格。关于中日性格差异，她认为自己无法回答，“即便同样是中国人，南方人和北方人的性格不同，农村人和都市人的人生观亦不同。这在日本也一样，关东人和关西人的家庭风俗习惯完全不同，东北人和冲绳岛的琉球人，性格也迥然不同”。

作家傅月庵曾为她的书作序，他认为日本人有“博物馆性格”。对此茂吕美耶表示，日本文化确实具有博物馆性格，或许是四季分明的风土气候影响，连路边绽放的小野花也不会忽略，因此只要有心，任何事物都能自成一家。

二

与网友交流之余，茂吕美耶也著述翻译，著有《物语日本》《江户日本》《平安日本》《传说日本》，合为“历史系列”，译有梦枕貘的《阴阳师》、冈本绮堂的《半七捕物帐》小说系列等，甚至被称为梦枕貘大师最信赖的中文代言人。

那么翻译最难的是什么？她回答说是无法把原文字里行间的弦外之音或字词的真正形象也翻译出来。为此她还举了一个例子，比如中国武侠小说中常常出现的“江湖世界”，该如何翻译才能让西人或者日本人理解？类似的道理在于，她认为日文也有很多光靠字词无法让外国人理解的世界，“至于好的翻译，我认为各人有各人的见解，只要读者能接受就好了”。但是她也从自己为出版社看稿的经验指出，有些所谓资深译者也搞不懂一些基本词的意思，如把日语的“HAHA”翻译为中文的“哈哈”，但真正意思应该是“原来如此”。

茂吕美耶写过一本《字解日本》，起因很简单。她说，经常有学日文的人来问她一些日文单词的意思，有时用文字说明了一大串，对方还是不懂，但看了照片马上恍然大悟，因此她才有了用大量彩照配合单字介绍日本日常生活的初衷。书出版后除了固定读者，据说还吸引了一批完全不懂日文、对历史也不感兴趣的中文年轻读者，这是个意外收获。

书中涉及日本的食、衣、住、游，在其穷究演绎之下，从古而今，从东而西，一衣一饭，一枝一叶，颇有格物致知况味。比如说日本酒（にほんしゅ／nihonshu），她从清酒谈起，联系南北朝时期兼好法师所著的《徒然草》中关于酒量的名词记载与平安时代才女清少纳言在《枕草子》中关于半夜酒醒的感言。

又如，喝到酩酊大醉在日文是“泥醉”（でいすい／deisui），茂吕美耶认为这个词显然是中国固有的词，信手就拈出李白“三百六十日，日日醉如泥”、白居易“穷愁自要醉如泥”、李商隐“寒暄不道醉如泥”、欧阳修“尊前莫惜醉如泥”等中文诗词。她甚至考据诗词中的泥指的是“南海某种在水中则活、失水则醉的无骨虫”。

三

女性写作在日本文学颇有传承，其中紫式部与清少纳言在《平安日本》中篇幅不少。有人认为“一千年前紫式部的长篇小说《源氏物语》和清少纳言的随笔集《枕草子》，始终是奠定日本文学总的追求和方向的作品”，我问她，怎么看待她们以及传统文化对于日本文学的影响？她说，紫式部和清少纳言开创了“私小说”和“随笔”这两大创作形态，确实值得青史留名，但现在情况是日本文学已不再拘泥于此两大类型，各式各样的书写形态都有，“随笔”虽仍健在，“私小说”却因个人隐私权抬头，已渐趋式微。

几年前和茂吕美耶联系的时候，她的生活非常单纯，两个儿子都已独立，二儿子在中国苏州工作，家中只剩 4 只猫咪在陪她，她的博客常常出现它们的影像，“我每天只要赶稿写书、照顾猫咪和院子的花坛便行了，日子过得很轻松并非常惬意”。

或许因为崛起于网络，茂吕美耶的风格始终带着民间的自然随性，与网友对谈日本文化，清淡温婉如邻家大姐，谈起日本传说怪谈、吃饭洗澡、男女交往，意兴挥洒，却又轻松有趣。与之对应，她视角中的日本也充满烟火气息，如同江户时代的浮世绘，着力于日常人事，却又暗蕴风致。

作为中日文化交流的桥梁，茂吕美耶的优势不仅在于语言，更在于语言背后的文化修为，台湾著名电影导演吴念真就曾感叹“这人，怎么可以把我们的话讲得比我们还好？”茂吕美耶常说，日本西化最厉害在明治维新后，不过终究还是回归到自家的传统文化。她乐观地认为中国大陆目前正处于维新期，变化非常快，但年青一代将来肯定会带领中国回归传统文化。也许在茂吕美耶对日本的观照体验之中，我们或许能够觉察我们曾经遗落的某个文化断层。

●《海边的卡夫卡》与卡夫卡

一

卡夫卡的人生就是一场来日苦多的审判。

他出生在奥匈帝国的晚期，彷徨在捷克语与德语之间，也徘徊在自己的犹太身份、严厉的父亲与乏味的工作之间；他总是在一头扎入恋爱之后又远离婚姻的诺言，直到去世，都饱受病痛的身心折磨。

卡夫卡活得痛苦，也在书写痛苦。他似乎向我们揭示，存在就是一种罪过，但是与此同时，他也试图说明，人不应该承担欲加之罪。现实中的卡夫卡，其实上司满意，朋友喜爱，也不乏家人的悉心照顾以及不少女性的迷恋。然而，这就是永远充满迷人悖论的卡夫卡，书写痛苦，明了纵然华丽之下都是虱子，虱子之上却不缺华丽的层层叠叠，喜怒不惊的人生，苍凉也热闹。

这一如他的小说《审判》，一个荒诞而悲哀的故事。约瑟夫·K作为一个银行精英，与人无犯，却在30岁生日那天，一个晴朗的早晨，无缘无故地被两个黑衣人入室宣布被捕了。从此审判成为笼罩在K身上的阴影，他试图无视，也试图申诉，最终没有任何人能证明他无罪，他从未见过法官，也从来没能够进入腐败的最高法院。最终，在一个荒凉而人迹罕至的小采石场，对着“别的光线所没有的纯洁和宁静映照着万物”的月光，K像一条狗一样地被处决了，“他死了，但这种耻辱将留存人间”。

据说原稿一天写就，却在去世之后才能出版。有的书是注定要重读的，卡夫卡正是如此。我选择重读卡夫卡，机缘巧合，也是因为村上春树。村上近年作品阅读过不少，对于他之前的作品反而不是很熟悉，因此重新阅读了《海边的卡夫卡》。

《海边的卡夫卡》和村上其他小说类似，有两条平行线索展开，主要线索讲述一个少年在15岁生日前夜独自离家，他自称卡夫卡，坐上了从东京到四国的巴士，表面原因是寻找在自己4岁时就把自己抛弃的母亲与姐姐，其实真正的原因是逃避“尔将弑父，将与尔母、尔姐交合”的预言。在一系列奇遇之后，想象世界和现实世界重叠，少年在现实中获得成长与勇气。

我看完《海边的卡夫卡》有点失望，这水平确实是没法得诺贝尔文学奖了（别再说诺贝尔文学奖不重要、很烂之类废话）。书是2003年出版的，复杂性不如后来的《1Q84》，甚至和《没有色彩的多崎作和他的巡礼之年》有很多重叠；反过来也说明村上一直在进步，是以一种职业态度在写作，所以即使不靠天赋，也可有进步。村上春树无疑在致敬卡夫卡，正如书中人物的评价，“世界上有许许多多的作家，但除了卡夫卡，谁也写不出那样的故事”。

父亲是一个永恒的隐喻，关于权力，关于社会规制，以及现实世界。《海边的卡夫卡》中的父亲，嗜血成性而黑暗强大，书中的预言其实也是在呼应卡夫卡。卡夫卡与父亲的紧张关系构成他写作的源泉与动力，据说他写过一篇小说，父亲对儿子说，“你去死吧”，儿子就回答“好，你让我死，我就死吧”。

K的年龄是30岁，刚好是《海边的卡夫卡》的主角田村卡夫卡的两倍。“卡夫卡”在捷克语中表示寒鸦，书中这个少年也一直和另一个叫乌鸦的少年聊天，其实不过是自言自语。

二

对比二者阅读，平行交错中有一些类似又不相同的主题。其中有两个问题我一直在思考。

首先，意识中的罪是否是犯罪？少年卡夫卡决定离家出走，就是因为父亲的冷漠扭曲，父亲从小对他的预言是杀父，与母亲和姐姐交合。在《海边的卡夫卡》中，引用一句叶芝的诗“责任始自梦中”，甚至安排了田村卡夫卡在梦中强奸一个女孩樱花的梦境，也暗示他在梦中参与了现实中父亲的死，让他为此自责苦恼不已。

多次重复之下，谎言尚且可以变成真理，再荒诞的预言也可以不证自明。意识之中的犯罪是否也是犯罪？少年卡夫卡在梦中强奸樱花（这有点类似多崎作），给予当事人一种罪感，意识偶尔的疏离，是否应该服从现实法则的规训？

村上对此的答案显然是否定的，无论少年卡夫卡还是多崎作，都被视为清白。与此同时，村上对于利用人们的意识去犯罪，甚至利用人们对于意识中的罪感犯罪非常反感，一如压迫军士去杀人的国家主义者。他后面写到的各类邪教——亦如少年卡夫卡的父亲之所以死得如此惨烈，并不是卡夫卡的错，而是他玩弄意识的咎由自取，而被杀死，在他是求仁得仁，整个世界回归正常才得以可能。

读《海边的卡夫卡》，令人不得不重新思考假说这回事，正是假说让人有了想象力，而想象力带来隐喻，正如他所言，隐喻有时是两点之间最短的距离。隐喻缩短了距离，驱散了阴霾。

这其实是卡夫卡多次写过的主题，即无罪之罪如何界定？亦如K，这种无法界定的罪并不存在，但是利用这种罪感达到自己目的的人或者组织却一直存在。《审判》中的K，在30岁那天被人破门而入，宣布“你被捕了”。有人说过了 30 岁还在没心没肺地活着就是一种病，确实，没有死于世界的荒谬与人生的疯狂，这未尝不是一种“罪”，但这种罪并非法律意义上的。荒谬的是，终其全书，K 无论如何努力接近真相或者努力漠视真相，一直都不明白自己的罪。

三

其次，个体的理性如何对抗系统的疯狂。

村上春树书中有一处，花了不少篇幅提到对纳粹战犯阿道夫·艾希曼的审判。这个戴金边眼镜、头发稀疏的党卫队中校在二战中堪称“勤劳高效”地处理了 600 万犹太人。他在得到处理犹太人任务之后就不断研究计划、紧密计算，想着短时间内以低成本处理最多的犹太人，“行为是否正确的疑问几乎没出现在他的意识中……他从未产生罪恶感。在特拉维夫法庭的带防弹玻璃的被告席上，艾希曼显出困惑的样子：自己何以受到如此大规模的审判？何以如此受全世界关注？自己不过是作为一个技术人员对所交给的课题提出最合适的方案罢了，这同世界上所有有良心的官僚干的岂不是完全相同？为什么唯独自己受这样的责难？”

这段冗长的描写我们已经在阿伦特诸人的描述中看到过。对比之下，《海边的卡夫卡》也写了两个自动逃走的士兵对于凶蛮（tough）世界的疑惑与反问："为什么人对人非那么残忍不可，你知道吗？……对方是中国兵也好俄国兵也好美国兵也好，肯定都不想被搅断肠子死去。总而言之我们就住在那样的世界。所以我们逃了出来。但你别误会了，其实我们决不贪生怕死，作为士兵莫如说是出色的，只不过对那种含有暴力性意志的东西忍受不了。"

这种反思，应该也是基于现实的一个诘问，就是栖身于巨大罪恶之下的人们，即使仅仅只是被（无论自愿与否）当作工具使用，他们的罪如何界定？事实上，这是现实中不少人的状况，面对罪恶或者不公，人们或多或少不满，但是如果不得不和这种强大的力量长期共存，最常见也是最保险的方式就是不去追问，不关心终极目标与终极拷问，不去思考更高或者更本质的东西，只将精力关注于眼下与当前，因为一旦思考，所有的系统都会坍塌，自身也会迷失。

村上的解决方案中，以逃避来拒绝合作好像是一个方向，一如少年的出走，以及两个士兵的自动消失。在村上的小说中，敢于这样不和主流合作的人，往往都是少年，或者带有少年性质的主角，这使得他的小说清新明朗，也多少有点失之深度。

卡夫卡的小说则多了暧昧阴郁的深度，无处可逃亦无法逃避。他细细描述了这种混沌状况，就像K的审判过程一样，整个系统是一片混沌状态，其中的人物也是如此，人人都是一种理性的半疯狂状态，典型如律师长篇大论的词不达意，表达的不清晰，语言的含混，虽然往往表现的外在理性煞有介事，其实都是自我放弃、自我麻痹和自我欺骗，最终个体的含混必然导致集体行为的错乱与社会的疯狂。

作为卡夫卡的布拉格同乡，昆德拉与卡夫卡心有灵犀。“在卡夫卡之前，小说家经常把那些机构作为不同的个人或社会利益在其中相斗的竞技场来揭露。在卡夫卡那里，机构成了一个遵循自身法则的机制，而这些法则谁也不知道是由什么人、在什么时候定下的，而且跟人的利益没有任何关系，所以根本就是不可理解的。”这种系统的存在，不仅仅是在罪恶国家，也不仅仅是独裁体制，更不仅仅是奥匈帝国的。这恰是卡夫卡超越时代的洞察力所在，他所描述的这种令人身临其境的状况，个体的应付与逃避，表面给个体一个免于疯狂的暂时喘息机会，却构成了集体全局性的疯狂与不可救药。

在过去，个体在极权社会中总会被描述为分子化、个人化，这使得个体好像完全没有自主性与创造力，其实并非总是如此，至少对于中间阶层或者专业阶层而言，其实是存在一些空间的。

在现实中，陷于某种恶或者某个权力系统之中，就自动异化为系统的一部分。他们的行为未必是源自恶，而往往是一种微观意义上的“理性”，而这种理性最终会演变为集体疯狂。壮个儿士兵说，“知道刺刀的刺法”，“首先要‘咕哧’一下捅进对方的肚子，然后往两边搅动，把肠子搅得零零碎碎。那样一来对方只能痛苦地直接死掉。那种死法花时间，痛苦也非同一般，可是如果光捅不搅，对方就会当即跳起来，反而把你的肠子搅断。我们所处的就是那样一个世界”。

人的心智存在容量上限，反思消耗心智容量，放弃反思，人变为机器，人物变成目标，而最终极目标隐匿了，本应该存在的自我拷问与自我反思被挤压出局。现代社会的特征，与其说逃避自由，不如说逃避思考，讽刺的是以思考的形式逃避真正应该做出的思考。

有人这样说过：“卡夫卡是本世纪最佳作家之一，时至今日，且已成为传奇英雄和圣徒式人物；正如奥登在一九四一年说过的那样，就作家与其所处时代的关系而论，卡夫卡完全可与但丁、莎士比亚和歌德等相提并论。”这不是但丁的时代，但幸好我们还有卡夫卡，然而不幸的是，他的伟大正在于道尽了我们这个时代的荒谬与无端。

四

有段时间，在热点过去的时候，我独自看了大热的韩国电影《辩护人》。大家交口称赞的庭审高潮还没到，前半段小人物的经历就让我很感动，忍不住哭了，底层人和人之间相处简单而动人，人心硬不过馒头。影片微言大义很多人都说了，但我很怀疑的一点是，如果没有这种普通人之间善良和无害的氛围，也就没有后面公义滔滔的基础。善良往往被认为是一种软弱而无用的情感，其实并非如此，它是最强大的力量。

直到今天，我们还在阅读卡夫卡，不仅仅在于他所书写的卡夫卡式世界的黑暗，不仅仅在于他的批判，其实有一点被提及不多，就是他的主角的善良：那个永恒不变的主角 K 或者弗兰茨，无论职业是什么，无论遭遇了怎么样的对待，始终不失一点温情。

比如在《审判》中，K 对律师对别的被告的欺凌非常不满（即使律师对他不错，而这个被告对他很恶劣）。在审判中，两个低阶办事员粗暴对待主角并且掠夺他的财物之后，K 对其上司提出了抗议，但是他并不知道这会使得这两个办事员被鞭打，撞到惩罚一幕的 K 无法直视，心中没有报复的快感，而是不忍，他甚至想出钱贿赂鞭打者，换取两个办事员不被惩罚——讽刺的是，这正是 K 对于办事员的不满来源。这不是 K 伟大，只是一个人的本能，看到同类被羞辱的恻隐之心。

按照村上春树的回忆，《海边的卡夫卡》2001 年春动笔，2002 年秋在日本刊行。当小说基本构思浮现出来的时候，他已有念头是写一个以 15 岁少年为主人公的故事，至于故事如何在其次，这是“我这部小说的最根本性的主题”。

村上春树执着于少年，其实也是因为少年身上的善，“所以想写少年，是因为他们还是‘可变’的存在，他们的灵魂仍处于绵软状态而未固定于一个方向，他们身上类似价值观和生活方式那样的因素尚未牢固确立。然而他们的身体正以迅猛的速度趋向成熟，他们的精神在无边的荒野中摸索自由、困惑和犹豫”。可变即一种对抗僵化的力量，而僵化是没有生命的特征，柔软往往是生命的可能。

对比卡夫卡的《审判》，里面的各色人等，无论男女高下，其实都已经未老先衰，从律师、画家到牧师，在与看不见又无处不在的诉讼体系打交道的过程中，往往都变成这个体系的一部分或者接近，即使善良的 K，也不得不学习利用他人与审视利害。这或许就是诉讼的潜在目的：同化与规训。

我有一个朋友，几乎没有读过卡夫卡，但是他很喜欢陀思妥耶夫斯基，他说陀思妥耶夫斯基最打动他的是他小说人物的善良，无论怎样的困境。卡夫卡与陀思妥耶夫斯基是分属于不同时代的最伟大的小说家，不管这是一个巧合还是一种启示，他们都是以人性中原始的柔软一面应对这个异化的理性世界。

纵然在一个异化的世界中，这种情感触动总是被封杀被伤害被背叛，最终被消失而告别。那么一点看似微弱的情感，却是这个黑暗时代的最后光芒。即使很多年后，村上春树写出一个化名卡夫卡的少年的自我逃亡与自我救赎，多少也是作为卡夫卡粉丝的致敬。

卡夫卡曾经说他的本质是恐惧，甚至说此生的快乐不是生命本身的，而是我们向更高生活境界上升前的恐惧，又说过书籍必须是能够凿破我们心中坚冰的一把斧子。二者之间其实并不矛盾，善良的人往往心存恐惧，长期来看，恐惧往往最终被善良打败，这是我们的希望所在，纵然微茫，却是唯一。

长夜漫漫，最终而真正的审判尚未到来，但是终究会到来。

• 21 世纪东京爱情故事：从白日梦女到女子图鉴

白日梦女的幸福在哪里?

点一客造型别致的甜品，在富有设计感的百货公司咖啡馆坐上半日，与同性好友雀跃聊天，这似乎是东京女生或者主妇们的典型下午之一。如果只是路人，那该多好，继续悠长假期，看别人的人生，总是轻松的。

然而，实际情况可能未必如此，焦虑的女子们，成为都市新景观，从香港到台北，从上海到东京。其中主线，少不了是 30 岁关口，神秘的 30 岁，成为女性的命门。幸福在哪里，这是女人们永恒的话题，对于天下 30 岁左右的女子，不少人认定或者想象的幸福却无比类似，那就是结婚。

即使每日快快乐乐的东京女生，往往过了 30 岁，某个关口仍旧会惊醒并且陷入焦虑，就像午夜钟声响起时的灰姑娘，生怕自己的公主梦马上破碎，只好急匆匆寻找归属，甚至无法顾得上是不是南瓜车。

典型代表，就是这些年很热门的《东京白日梦女》，该剧改编自女作家东村明子的同名漫画，描写的是大龄女生寻求爱情的故事。

这是日本朋友推荐的剧，我在东京的时候正在以每周一集的速度热映。原漫画作者算朋友的九州老乡，额外说一句，此地的人普遍感觉更为淳朴。朋友热心地带我一路到地铁口，目的也是特地给我指点，让我看地铁里的电视剧海报，末了，不忘好心提醒一句，你看了不要伤心啊。

我当时心想，我怎么可能伤心呢？我看了是没有伤心，只是第一集就被戳中好多泪点。女生之不容易，女生之痛点，到底只有女生了解。

三个女人一台戏，30岁的镰田伦子是一个单身编剧，另外两个女人则是她从小就认识的闺蜜，美甲师小香以及家里开居酒屋的小雪。

和多数闺蜜一样，她们彼此吐槽，经常聚在一起喝酒。在生日当天，伦子收到了一个晚餐邀请，来自8年前曾向她表白却被她拒绝的前辈早坂，然而这不是爱情的开始，而是幻想的终结。更悲惨的是，她们的例行闺蜜吐槽，却遭遇隔壁的金发帅哥KEY的无情打击，批判她们只是会做梦的“白日梦女”，大呼：“醒醒吧，你们已经不是女生了！”

所以，这就是人生新的一课，到了一定阶段，女生们连做梦的资格也被剥夺了。故事一开始就这样虐心，果然是女人更懂得女人的痛点。然而，梦醒之后就可以得到幸福吗？压力面前，这也难怪各类支招的戏码层出不穷，日语中有个词语叫“婚活”，表示相亲、约会、联谊等以结婚为目的的活动，都市女性的婚姻压力，这些年也流传到了中国大陆。

不过，结婚或者爱情，真的是努力就可以达到的吗？日本社会交往中，读懂空气被认为很重要，不合群的人被认为不会读空气（空気読めない/kuuki yomenai），读空气有点类似中文察言观色的意思。这样的文化之中，恋爱也变得不得不小心翼翼，被都市驯化的人们首先学会的是自己处理隐藏情感，这和日剧《家族的形式》中的话一样，“笑容是内心的铠甲，掩藏不为人知的情绪”。

大家明明很软弱，所要求的也不过是陪伴，却装作成熟稳重，纵然对爱要求再卑微，姿态必须好看，就像女主角，几次被当面拒绝或者说我无法和你交往了，虽然几乎身中万剑，却也能面不变色地说一声“谢谢”。

这就是现代人的纠结之一，口口声声说渴望真爱，谁都时时刻刻把真实自我掩埋，这是成熟，也是胆怯。

有意思的是，到了最后，《东京白日梦女》中的三位女性终于还是明白，不再为独自看2020年东京奥运会苦恼，甚至笑自己不应该把幸福与婚姻绑定。这一席话，难免让为她们担心半日的观众觉得既好气又好笑，当初是谁在那里恨嫁来着，当初是谁非要在2020年东京奥运会结婚来着。

绕了一大圈，结果又回到原点，胡为来哉。

这就是女人，或者说这就是人性，任凭时代堕落，人生起伏，大家纠结着，痛苦着，还是会为自己找一个舒服的落地姿势，这也是人性自我合理化的一面。我们因此，在这残酷世界，也得以继续存在。

《东京白日梦女》中追逐的爱情定义是什么？按照漫画所言，大概意思是并不梦想着童话般跌宕起伏的盛大恋爱，也并没有想要靠男人来获得幸福，只不过是想要找到能让自己认同的答案而已，想要在应该安定下来的地方安定下来而已。

然而，这种安定的期待，在一个童话终结的时代，本身是不是仍旧过于梦幻呢？或者是这种谋求"小确幸"（微小而确实的幸福）也成为过去式？

即使顺利结婚，从来也没有必然的幸福。幸福对于都市女子，永远就像停不下的红舞鞋，完成不了的通关考验，永远有更高更远更复杂的在前面，而且规则也一直在变化之中，比起男性世界的权力游戏更为暧昧与精细。

对比之下，另一部热播网络剧《东京女子图鉴》则更为写实，

“未婚时被人说结婚才是女人的幸福；结了婚之后又被生小孩才是女人的幸福这样无言的压力压迫；被女人幸福的定义无止境地逼迫……”

有趣的是，《东京白日梦女》与《东京女子图鉴》两部剧都提到欲望，前者是自责欲望让自己期待越来越高，最终跌得越来越重，充满了自我谴责；后者则正是因为欲望而空虚，又因为欲望的狂奔而满足，甚至当作人生不可缺少的一部分，“不知满足、贪婪的女人们，只有把这份嫉妒也当作人生调味品来品尝，才算是真正的都市女人。一起加油吧，一步接着一步，因为想要得到的东西还有很多”。

一个女人，随着自己的成长与提升，期待更多更好，纵然贪婪，但这是不可原谅的罪吗？然而她的人生目标，始终和男性评价标准以及社会大势，无法同步甚至背道而驰，即使倾尽全力，到底还是意难平。

这就是人性，凡事皆有价格，无所谓好坏，只是真实。

白日梦女醒来，白日梦男呢？

同类爱情题材，比起当年走红的《三十拉警报》《东京爱情故事》,《东京白日梦女》从现实视角切入，开篇以毒舌奠定全剧基调，中途是白日梦女的自我忏悔与成长，高潮则是白日梦女与白日梦男结合。

问题在于，在这类题材的自我检讨之中，女性自责无处不在，男性的平衡视角却仍旧阙如。女主角伦子当年因为前辈早坂土气而看不上他，8年后又因为早坂前辈的成长而哀怨，这过程中都伴随着其自我检讨与自我埋怨。不过当前辈回头追求她的时候，最终的结果却是他们始终无法在一起，这说明本身不合适而已。这段感情中，女主角的过失无非在不恰当的时间拒绝一个自己不喜欢的人，无论过去还是现在，她始终无法爱上这位前辈，至多不过是走投无路时候的救命稻草而已。

至于这位早坂前辈，回头对比看，是否也有需要检讨的地方？比如当年追求时的自信不足，日后转而追求更年轻版本女主角时候的勇气过剩，再到两人在一起时的进度过快。这位前辈已经是这部剧中比较成熟稳重的类型，而其他诸如劈腿的摇滚男歌手，妻子孕期出轨的上班族男子，或者说只知道以毒舌保护自己的金发男主角，心灵残缺破败之处，比起白日梦女们来说有过之而无不及——唯一的优势无非在于，时间在他们这边，他们纵然有万般不是，可随着时间的流逝，好像他们也会从当年的土气前辈蜕变成人人争抢的对象，这似乎是他们的或者说整个社会的集体白日梦，却是女性们的梦魇般的现实。

这或许是现实，但是并不是白日梦女们的问题。现实中的问题也是如此，女子不嫁，不是不想嫁，而是不能嫁而已。

《东京白日梦女》的好看流行，就在于通过催婚完成一个自我成长的内核，而且奉送了一些外界视角，但是这部剧始终无法回避的问题在于，女生即使完成自我成长，面对她们的，却仍旧是继续做梦的男主角，要么是暂时收心的三心二意的男歌手，要么是无奈分手的外遇男。

《东京白日梦女》中种种刻薄又直接的台词，暴露女人的可笑，然而男人又何尝不是充满滑稽？

女人找不到幸福的时代，男人怎么谈得上幸福。女人等不来王子的时代，男人何尝不是活得垂头丧气。所谓解放女性，其实恰恰也是为了解放男性，男性在历史与社会之中背负的枷锁，其实比女性更重更隐蔽，敏感之处不亚于女性。

女性感到不适应，是因为感应到时代变化，做出改变，但身边人事落后一步，有所掣肘，所以马克思说，女性进步是衡量社会进步的最佳标准。但是男性的悲剧往往在于，无论预见何等变化来临，他们往往注定是作为主流甚至旧价值的捍卫者出现，这是他们作为主宰的代价，有裁定他人权力的人，往往也把自己送上了被裁定的道路，他们注定是新时代的落伍者。

在《东京白日梦女》中，白日梦女主角伦子的白日梦的成功之处就在于遇到了白日梦男主角KEY，这就是白日梦的最高境界，然而不仅仅是帅气年轻的男主角作为爱情春药拯救了女主角，恰恰是女主角让男主角的残缺得以填补，人生得以完成。

女人找不到幸福的时代，男人呢？

但是并非所有努力都有梦幻的结尾，如何不再垂头丧气地面对无可奈何的生活，其实是现代人必须面对的命题。典型就像2017年大众期待的《四重奏》，这是《东京爱情故事》的编剧坂元裕二在20多年后再一次出手。

对比之下，冷淡口味的《四重奏》评论不错，仍旧相对小众，收视率也不如当年的《东京爱情故事》。

偶像剧本来是作为一时消费，但恰恰正是这种追求当下的精神，使得最长久的偶像剧，往往也是不经意揭露时代精神。《东京爱情故事》里的垫肩衣服与长头卷发或许已经过时，但是那种一往无前追求爱情的精神在今天仍旧引发无数共鸣，那是“日本第一”作为口号的黄金时代，泡沫经济的尾声之作，那时人性张扬，如今时移事往，失去20年已经延续成近30年，经济下行时代的人看起来老成持重，其实也是人性的收敛。

残缺退缩的时代，自然会有残缺退缩的人性。《四重奏》中的人物，都有不可言说的过去，四重奏乐队普通又不普通的生活，对他们是最好的避难所，也是最好的日常。

有人说《四重奏》是一流的金句，二流的日剧，其实偶像剧都是与时代彼此呼应，一流的时代有一流的日剧，二流的时代写二流的剧本也是世态常情。从《东京爱情故事》到《四重奏》，我们也从昭和时代走到平成时代，即将走向新的时代。很多人说从昭和到平成，前者“上流”，后者“下流”，这个下流是日语中下流的意思，并不表示人品，而是表示世态浮沉，日语流行语也从下流社会发展到下流老人。

于是，在下流时代，爱情作为奢侈品果然更加昂贵，不少爱情依旧可以变成婚姻，而更多婚姻都变得和爱情无关。

这是一个梦破碎的时代，不是每条鱼都可以轻松喊着梦想跨越人生，无法跃过龙门的人生，需要做的一方面是如何保持体面，一片片卸掉身上破碎的鳞片，另一方面是假装一切照旧，仍旧是一条完整的鱼。

《四重奏》有人喜欢，有人不喜欢，比起各种金句台词，我更欣赏里面无可奈何的颓丧气息，那就是经历生活之后承认自己其实做不了什么的现实。其基调被认为是“小确丧”，据说这个词语是对“小确幸”的反题，表示日常中不可避免的小小的丧气或者忧伤。

比起《东京爱情故事》的一往无前，《四重奏》堪称步步退缩。爱上的人不爱我，而爱我的人我不爱，不是时间不对，就是地点不对，这就是复杂的四角关系，而四角关系又可以衍生出更多关系，这就是宣传语中所谓全员单恋，全员撒谎，看起来很夸张，却有不少是人生常态。

然而，这就是人生，即使平淡如此，还是始终暗藏黑洞，吞噬着我们的快乐与光明，却遗留下既痛且麻木的肉体。

奇怪的是，虽然这些日剧结构和人物都有点靠拢《欲望都市》《老友记》之类美剧，但无论《东京白日梦女》还是《四重奏》甚至《东京女子图鉴》，其中性的影响并不重要，即使遇到外界津津乐道的俊美模特，抑或中年贵妇遇到年轻招待的“援助交际”式交往，典型就是网上喜欢意淫的小鲜肉，但是也只是点缀，对于剧情没有太多意义。即使男主角出于同情或者场面，和女主角有了性，但是这一事件在他们关系转折乃至剧情并没有决定性意义，平静得如同什么都没发生。

这几部剧，有的梦幻，有的现实，有的出离，其实本质都差不多，在一个渴望爱又缺乏爱的社会，如何在残缺之下，继续活下去。

东京夜景

婚姻和金钱，一定要挂钩?

婚姻在21世纪的存在备受考验，即使习惯将幸福与婚姻挂钩的流行日剧，也充满了新的反思，尤其在“终身未婚率”不断走高的时代。

古人说三十而立，而当下现代人的生活则是青春期的拉长，晚婚成为普遍现象，据统计，英国男性首次当父亲的平均年龄是33岁，而女性首次当母亲的平均年龄是30岁。

日本一向被认为有博物馆性格，算是数据调查控，每年都会公布各类最新调查。根据日本厚生劳动省国立社会保障与人口问题研究所的数据，“终身未婚率”表示到50岁都没有结过一次婚的人口比例，其中日本男性在2015年为23.37%，女性为14.06%。这意味着四个男子中有近一人终身不婚。对比之下，在20世纪70年代，这一数据男性仅仅为1.7%，女性为3.33%，时代变化可见一斑。

然而东京女子之不嫁，和纽约、台北、上海、北京的区别并不大，都是因为登对的男主角太少，背后原因仍旧是男子的不娶，或者说不能娶妻。

因此，不结婚，并不是不想结婚，而更多在于不能结婚。根据上述机构的数据，18—34岁未婚者中，86%的男性以及89%的女性表示“迟早想要结婚”。而结婚未能实现的诸多原因中，“结婚费用”成为主要原因，男女都超过了40%，工作不稳定情况持续发展是结婚变难的一大原因。

在中国内地，随着社会阶层搅拌，婚姻往往还是女性作为阶层晋升的手段之一，在房价飞涨的背景下，都市女性的情爱也因此变得和当年香港言情天后张小娴的主人公一样，不在意是否结婚，只在意爱她就给她买楼（房），或者没有房子就没有爱情，即使都市化的香港也表现得如此原始，香港TVB真人秀节目《有楼万事足》中已经有美女号称“有楼，才有高潮”。

东京情况如何？东京经历过房地产泡沫，这对国家和经济都是浩劫，但是出清的过程倒是让大家养成了买房会跌价的印象，买房和结婚也不再挂钩。对比国内与日本年收入四五十年的差距，东京房价收入低很多，不到20，也就是不到20年，所得收入就可以买房，但是不少人还是不买房。

根据三菱综合研究所近些年的统计数据，日本社会整体租房比例三成略多，而已婚者租房则接近四分之一，20多岁的结婚者租房比例更是高达六成。我在东京期间，和一些男性朋友聊起在日本生活，很多都反映压力不大，至少不太为买房担心，不回国的因素中房价压力也是一大因素，所以真有人是为了逃避丈母娘的买房要求来东京的，更多是来了东京不想再回北上广深背着巨大压力买房成家。

可见经济问题很重要，但是在日本感受并没有在国内那么迫切，至少房子压力没那么大。不过对于国内观众，《逃避虽可耻但有用》更多是看女主角的可爱表演，而对于其探索的社会问题毫无兴趣，有网友更关心的问题居然是男主角的经济状况："剧中 35 岁的 IT 男，没买车没买房，钱都哪儿去了？"

这也算是国情差异吧。

契约婚姻的意义

男性对于婚姻制度充满怀疑，女性又何尝不是呢？

日剧《逃避虽可耻但有用》，就探索了这个问题，即契约婚姻或者说有薪水的家庭主妇，是否可行？新垣结衣饰演的森山实栗成为家庭主妇的过程很坎坷也很有意思，角色设定算是日本年轻人的代表之一，背景良好，人也努力上进，本科工作不好找，就读了研究生，但是在社会大势面前却无可奈何：首先无法成为被长期雇用的员工，其次是合同期满被裁员。所以难以自立，只能住在家里依靠父母，不得已之下，她开始为一名单身程序员津崎平匡打理家务。

随着两人交往深入，一切相处愉快。但是实栗父母的搬家决定打乱了一切，实栗决定和平匡“契约结婚”，通过雇主和职员形式来处理名义婚姻，结果自然是两人假戏真做，皆大欢喜。不过这一喜剧看似戏谑，实则提出了一个严肃问题：家政或者家庭主妇工作到底怎么定价？剧中的数据是日本主妇折合年薪304.1万日元，还加上各类福利等。但是婚姻使得主妇的付出变得廉价甚至无价，这也是一个问题，以婚姻之名的主妇工作，是不是一种“婚姻剥削”？

这是无解的问题，《逃避虽可耻但有用》中最开始乐于独身的帅哥配角对婚姻的看法也是无用：“结婚对我来说没有用。你会买一件你不需要的物品回家吗？”

当一切可以便利购买的时候，两个人组成家庭的动机是什么呢？根据近年调查数据，日本独居家庭的比例超过三分之一，家庭的平均人数仅为2.33人，减少了0.09人，而在东京都为1.99人，首次低于2人。如果从年龄层来看，年老女人和年轻男性的独居情况尤其特殊，70岁以上女性独居情况接近两成，而20—39岁的日本男性一人独居家庭则接近四成。

在少子化和一人家庭大潮之下，更值得思考婚姻的意义。

日剧《家族的形式》中，虽然有号召重归人群的含义，但是其态度也充满矛盾，连信奉单身主义的男主角大介的求婚告白也充满纠结："我一直觉得结婚这个制度本身就大有问题。共享二人时光什么的说起来好听，但本质上还是剥夺了一个人独处的时间吧，所以我也不是那么想结婚。虽然不是那么想结婚，但我的一生中或许再也遇不到这样合拍的人了，这或许只是一个小小的奇迹，但我不想错过。我们可能都是一个人就足以活下去的人，但是既然我们相遇了，恕我冒昧，与其一个人，要不要试着两个人一起生活。"

这些大龄女性中其实比较令人感动的是《逃避虽可耻但有用》中快50岁的百合阿姨。她是单身女强人，出入豪车，金钱无忧，有保守的小女生的一面，在事业上是有担当的潇洒个性，她说起自己为什么要坚强的理由也让人感动，因为她意识到自己作为女性强人的价值并不仅仅是为自己而活，"像我这样快到50岁却没有结婚的女人，能被社会需要能够给予人勇气，如果那个人能因此努力奋斗，自己好像变得更有干劲了，能让现在独自生活的人，还有害怕独自生活的年轻女生想到：你看，不是还有那个人吗，她看起来很开心啊，自己多少也能安心一点吧。所以我一定要帅气地活着"。

这种帅气的姿态，是日本经济正在改变的一面，也是过去被忽视的一面，类似的女性让人想到《东京女子图鉴》中银座一家品牌公司的女主管，她 50 岁出头，干练犀利，面试时劈头会问女性一句“1985 年发生了什么？”回答不出来的人她都不会雇用。

正是在这一年，日本制定了《男女雇用机会均等法》，至少在法律上给予女性与男性同样的职业保障。“在那之前女性从事的都是倒茶、影印等打杂工作，只有男人一直晋升。受男人们的颐指气使，比如你怎么还不结婚呢？受到这种性骚扰，过了 30 岁就暗地里被说是女强人，有了多少悲痛的回忆。”正如她所言，“我们这一代受了多少苦才换来男女平等的”。

少子化的现实

张爱玲说女人一辈子讲的是男人，念的是男人，怨的是男人。

如今看来，随着少子化到来，日本社会不少有着催婚催育的口号，电视剧也有应景之作，但是也会讽刺。典型如《东京女子图鉴》中吐槽鼓励生育政策的弊端，就说优秀的女人们做着专业的工作，热衷于在职场上创造价值，也没有生孩子的时间吧，而积极响应政府多生孩子号召的大多是没有智慧和能力的女人，“光是劣质遗传基因不断增长，而且教育环境和育儿援助也很糟糕，劣质基因在接受不到好教育的情况下抚养长大，但这就是政府的目的吧，只是为了提高税收和增加人数而已，目标是群愚政治，笨蛋国民更容易被欺骗吧。所以在这个国家生小孩其实是为世袭议员们独裁国家做贡献而已，对吧？好可怕呢”。

这段吐槽虽然有着女性视角达尔文主义，但是对于当下日渐愚蠢的社会确实有洞察的一面。在日本少子化越发流行的今天，生育对于女性乃至婚姻意味着什么？

职业女性的婚姻道路往往与职业发展背道而驰，她们能够从婚姻获得什么呢？《东京女子图鉴》的外省女主角绫来到东京后一路提升，越来越美丽，阶层也随着住所上行，从三轩茶室到惠比寿再到银座，最后面临的婚姻选择却越来越少。正因如此，她第一次婚姻，目标就是找一个支持自己的男人，哪怕他相貌平平年收入也平平，甚至从繁华的银座搬去丰州。结果却是这个男人不过是用女人想听的话制造了支持妻子的假象，两人分居之后，男人迅速出轨。

绫不由得感叹，女人年近 40 后，喜欢佩戴各种勋章，找出自己比别人优秀的地方，然后拼命炫耀，自己的工作、父母、毕业学校、兴趣、特长等，以此来确认身份，“自己有值得炫耀的东西还好，自己没什么可炫耀的，就光炫耀自己的孩子，不觉得，有点可悲吗？”

不仅职业女性，当生育成为一种任务，对于所有女性都会成为梦魇。生育对于女人为什么更重要？这个问题即使女人自己，也常常困惑。加拿大作家玛格丽特·阿特伍德曾经写过一本很有名的小说《使女的故事》，被改编为电影、话剧等。

小说假设未来的场景，因为污染，人口出生率降低，在美国兴起了复辟风潮，一些地区在暴力革命后建立男性极权社会Gilead，以往的一切都被抛弃。这里的女性被当作国有财产，有生育能力的女性被称为“使女”，她们的存在也是为统治者生育，沦为“行走的子宫”。某种程度上，这一梦魇场景也符合一些极端原教旨主义者的狂想，犹如宗教开始的田园牧歌，只是对于其他群体而言，这是一个成为人间地狱的人造天堂，无视人的权利被践踏。

这是一部具有科幻色彩的小说，可也是一部立足当下与回顾过去的带着深度思考的小说，主题其实在探讨女性的使命。有一次，作为主角的使女在和一名统治者偶然交谈时，对方为了安抚她，一边拿着过去的时尚杂志给她看，一边疑惑地反问，对比过去女性为了争夺男性而努力抱怨，现在女性处境为能安于平静地履行自己的生理使命即生育，女性被拿走的多于被给予的，那么她们为什么甘于陷入各种自寻烦恼呢？

此刻，即使双方地位悬殊，对方可以决定她的生死，使女仍旧毫不犹豫地说出了一个字：爱（love）。

嗯，就是这个字，爱就是白日梦女们哀怨痴缠的原因，也许是自寻烦恼，到底冷暖自知，却仍旧是她们乐此不疲的游戏，毕竟她们可以自由地选择。

婚姻中的阶层因素

总有人说，现代日本人很多精神都与江户时代有关，婚姻也自然如此。

平安时代的婚礼记录基本关于贵族，当时婚礼要连续举办三天，到了江户时代，仪式逐渐变得简单，到了明治时期的“神前结婚仪式”，更是简便得多。日本学者菊地仁美指出在江户时代，“家业”的继承是婚礼的重点，有能力举办大型婚礼者，往往来自武士、富商等家庭。

值得一提的是，婚姻的昂贵，并不意味着女性地位的绝对低下。在江户时代，因为武士往往随着大名小名驻扎在江户地区，男女比例失调，据说高达5：1。因此娶妻并非人人都能承担的事，婚姻主要是考虑经济关系，当时的婚姻情况主要是在谈阶层，而不是爱情。还有人指出，这种情况也使得日本社会虽然看似男主外，但是女性在家庭中的地位其实一直不低。

如今时移事往，一切又有些类似当初。虽然日本现代婚姻基本是以个人为核心，但是经济因素却再度成为婚姻中难以忽略的不方便之处，难怪日本人要感叹格差（阶层）社会。一人家庭的增加，其实使得日本传统社会格局面临瓦解，也使得日本家族形式受到外界关注。根据日本2015年人口普查数据，一个人独居的家庭首次超过整体的三分之一，而全日本家庭平均人数为2.33人，东京地区当年甚至不足两人。

从2016年的一部日剧《家族的形式》中也可以看到一些端倪。单身上班族永里大介在一家文具大公司工作，属于有能力成家立业的人，但是他习惯独自生活，对于日本生活中的合群也不屑一顾，“不会察言观色有什么关系呢？觉得你奇怪的人本来就和你合不来。我不会在工作之余和那样的人接触，因为会浪费时间和精力”。39岁那年他按揭买下一栋公寓，打算作为自己的城堡来经营，隔绝了各类社会关系的入侵，这大概是不少王老五们的集体梦想。不过随着父亲带着没有血缘关系的弟弟来访，楼上的邻居与同事的生活都搅和在他的生活中，意外一连串发生了，他的完美单身计划也被打乱了，也体会了新的混乱。

《家族的形式》里说，不管是什么事，人只要一习惯就会觉得理所当然，单身如此，结婚也是如此。也正因此，故事的结局不重要，重要的是故事揭示的内涵。剧中讨论了单身的局限与家庭的意义，比较出名的一句台词就是大介父亲一直念叨的一句话："毕竟一个人不如两个人，两个人不如三个人。"

有意思的是，剧中不仅暗示了父辈对于儿女辈成家立业的期待，也暗中讨论了两代人的区别，大介这代人经历了泡沫经济，他们兢兢业业才能买房还贷，他们比较看重安全性，变得更保守，他们的父母辈往往经历过经济繁荣时期，现在也有不错的养老金，老人的消费管理以及消费观点甚至比起年轻人更激进。

讨论其社会变化，日本观察家喜欢说文化，其实长期来看，经济因素也很重要。时代的变化首先影响的往往是女性的变化，难怪革命导师也感叹女性地位变化是衡量社会进化的天然标尺，当年 18 世纪的英国也正处于城市化阶段，比如英剧《名姝》描写乔治王朝时候的伦敦世情，开篇就表示"1763 年的伦敦正处于经济蓬勃发展的阶段，同时，伦敦城里近五分之一的女性需要通过卖淫来维系生存"。剧中老鸨不仅亲自把两个女儿调教出手，对她们的忠告也一直是"金钱是女人唯一的权力"。确实，对于当时女性而言，嫁为人妇和成为妓女是解决经济问题的两大方式，难怪马克思要吐槽婚姻是变相的卖淫。

对比日本，这和江户时代倒是不无类似，经济因素始终是婚姻制度中的推动力，不同阶层有不同的婚姻方式，只是有时候隐而不显而已。

东京女子之不嫁

客居东京，我喜欢观察人情世态，无论是精致的百货公司咖啡馆临窗位置，还是简陋的街头居酒屋的柜台角落，看各种喧哗，非常有趣。

不过平时的白天，甚至晚上，始终女性居多，或是一群，或三三两两，偶尔也独自一人，低眉欢笑，似乎始终有交流不完的新知识。只有这个时候，她们的快乐似乎才是永恒的，纯粹女生在一起的概率更大，而且喧哗度远远大于男女聚会。到了最后始终有说有笑，即使到底是各付各的账单，仔细到分币也清清楚楚。前几年去，从20岁出头到年过40岁，过了几年去，似乎还是那拨人，眼角眉梢还是一派喜气，不仔细看也不见岁月虚长。

这种姿态，映衬着东京无处不在的都市景观，加上东京一人家庭的日渐增多，很容易让外来人误会，东京女子之独处甚至不嫁，是一种后现代的自然，是历史终结的安详，附会出更多意思，以为是女性的年龄以及婚姻的羁縻。

然而，这只是景观社会的另一面，任何外来者都要避免游客一般的浅尝辄止。表面情况往往是，华人社会注重群体，女生不嫁，身边人更着急，显得女生是被身边人带动得焦虑；日本人看重个体，身边人不会无端生出多余关心，但是女生自己不着急，看起来也就相安无事。

然而，这只是表征，都市再宽容，科技再进步，几千年的进化导致阑尾或者说后遗症仍旧在，那就是女性生育年龄的天然存在，使得过了 30 岁的女生，即使身边人不会表面问及，女生自己多半也会暗自着急。

基于人类平等的天性，我不喜欢男女的不平等，但因为不是处处讲求女权，也只能心向往之而已。随着年龄增长，好奇心不变，更多时候我希望是以超越性别的态度探究这事的前因后果。

女性如此，男性亦然，女性如果需要反对歧视，其实也需要理解反对之物的目的所在，男性如果要为自身的局限多做辩解，其实不妨回头审视人类集体心理的内在动机。有一本讲述妻子角色变迁历史的书《太太的历史》，解析得颇为明白，社会主流对于家庭的坚守，更多是社群繁衍的内在动机，很多今天看似乖张的逻辑背后都是历史文化的种种集体潜意识在起作用，比如多数男人喜欢年轻女性，而不少女性看重经济甚于其他，这不但是社会与个人在起作用，甚至可能是基因延续动力的表征。

曾经，我也以为上海东京之类大都市对于女性不嫁，相对而言已经接纳了，事实上只是更宽容了，然而宽容也无非是婚姻红线的后移：以前是 20 岁出头，然后是 30 岁，如今大概是 40 岁之前吧——这恰恰也是目前女性生理上的生育红线。和日本男性朋友讨论，他们点头默认，很多时候对于女性不婚的宽容，也是都市个人管个人的好处，甚至有女性朋友告诉我，父母即使有所担心，其实也不太方便对女儿说。

然而，社会在进步，并不意味着很多边界会被抹平。对于日本女性而言，接受高等教育，工作之后结婚，结婚之后辞去工作专心做家庭主妇，曾经是社会分工的一种趋势。尤其在经济繁荣时期，一般男性上班族的工资足以养家，而日本社会育儿之类确实无法雇用保姆之类，也不能依靠家人，女性辞去工作从经济上也合理。虽然这种文化对于女性的天赋，某种程度也是一种极大的浪费，但是当时不少日本女性的梦想职业就是家庭主妇。

随着日本《男女雇用机会均等法》在1985年的出炉，职场不仅仅是男人的天下，对于日本女性而言也意味着更多可能性。问题在经济增长之中都容易出现也容易解决，但是随着经济萎靡，一个人轻松养活全家的日子变成过去，和一些日本女性朋友聊起，她们多数表示即使结婚也不会辞掉工作，因为仅仅依靠男方很难养家，目前日本家庭主妇打零工的情况也越来越多。

问题还在于，经济上升期，达到成家立业基准线成家的男性很多，女性自己工作也可以有声有色。繁荣意味着机遇，其实对于所有人都提出更多可能性。随着经济下行，女性的首选遭遇工作机会降低，其次合格男性也在降低，即使女性理想中男性的年收入从泡沫时代的上千万日元降低到四五百万日元这个水平，但符合要求的人数也减少。无论作为婚姻对象还是情人，尽早结婚成为女性的需求，但是男性的供给也在减少，结婚嫁人的焦虑无疑也在增加。

东京女性之不嫁，非不为也，实不为也。谁说经济因素不重要呢？

银座橱窗

●《深夜食堂》：想象的异邦与触地的现实

“深夜零时起营业的炸串店……”

据说正是这句无名CD中的偶然旁白，让日本漫画家安倍夜郎萌生了《深夜食堂》的创意。每个作品都有自己的节奏，正是这句话让安倍夜郎找到了《深夜食堂》的节奏，简洁、清淡又治愈，恰恰可以安慰后现代社会的各种孤独与疏离。

据说《深夜食堂》系列漫画不同语言销量已经过千万册，堪称现象级作品，简体中文版在国内反响也不错。安倍夜郎此人经历很神奇，早稻田大学毕业，做过广告多年，最后还是回到漫画的初衷，其作品特点并不是漫画技巧而在于其故事能力。

日剧《深夜食堂》在中国也有不少粉丝，而日本文化对于中国大众市场影响背后，其实也映射出两个社会的不同步伐。即使今天去日本自由行的人越来越多，但日本文化在中国仍旧相对小众，更多被归类为文艺。表面看，更早的文青、过去的小资、今天的中产，看起来对于日本文化喜闻乐见，而日本文化则往往成为各类城市人群的标签，但这一群体恐怕并不能代表中国漫画乃至电视剧市场的主流审美。

这些风潮，一方面引发不少国内粉丝的跟风。日本经历泡沫经济之后，新的风潮之一是崇尚简朴，然而断舍离、性冷淡风之类，到了国内，不问青红皂白，往往还是迅速成为新的消费主义风潮；另一方面跟风之外却始终有或多或少的违和感，原因或许在于模仿得用力过猛，也激发另一部分群体的反弹，当然，也可以视作一个社会发育的过程。

以村上春树小说为例，村上小说在东亚的流行，背后也对应着东亚都市化的形成，虽然他书写的，对于日本社会已经习以为常，但是对于日本之外的城市，仍旧充满着更多都市情调，诸如爵士乐、冰啤酒、威士忌、小黄瓜生菜沙拉、柳橙汁，这就是日本人的日常生活，西洋食物已经成为日本日常饮食的一部分，没有多少符号意义，从东京到小城市的便利店多数可以购置齐全。

之所以需要那么多标签，恰恰是变动社会的无身份感，填补这种空虚的，无疑是最容易的买买买了，这成为一两代人的集体理想生活，一个购物车，成全所有的梦想。网红吹风机、各类洗脸机，甚至外卖沙拉也要营销为爱马仕。至于“斜杠”青年、“二逼”青年以及对“我不是文青”的反复强调，加上各种人生赢家套路，都是没有内核的表现。大家要的不是自己，而是一定要比别人过得好，今天，此刻，现在。

究其原因，国内各阶层刚刚形成，太需要用各种话语来装点自己，无论都市新贵还是新穷人，其实都无法那么淡定地对待物质，物质对于国人，还是新宗教，可以被提升到精神拜物教。消费主义的流行，更多的时候是基于身份的缺失。最简单也最暴力的各种消费，让自己感觉好一点，就像《欢乐颂》中的樊胜美，挤在出租房，对着一屋子 A 货或者某网站的打折品，还是可以靠一个包儿，就对镜子中的自己说，“你值得更好的”。

各类参差不齐的日料馆与各类深夜黑暗料理如同平行宇宙，但又毫无违和感地折叠并生在一起，我们中的许多人，穿梭在其中。这很超现实吗？或许这就是现实。

回头来看，《深夜食堂》背后的后现代疏离审美基调，和中国社会之间还有结束的差异。日剧版《深夜食堂》和漫画版原作已经有所区别，但是二者的基调其实很一致。《深夜食堂》的片头曲是铃木常吉创作的，不少粉丝都舍不得跳过，随着熟悉的旋律响起，大家的心情也得到治愈，所有的一切，也就真的“一点点、一点点地消失到无影无踪”——或许这种冷淡而长久的味觉，在中国还是显得不够热闹。

从漫画书到电视剧，其实面对层次已经更为大众，选材本来已经有所取舍，毕竟漫画主线简单，节奏感很强，往往几分钟就能看完一个故事，而电视剧即使日本版也要超过二十分钟，中国版拖长到四十分钟，其实很考验导演功力。

国内翻拍版《深夜食堂》的触礁，除了批评主创之外，其实引发了一个新问题，日本热门IP剧或者日本文化，是不是和中国大众市场并非无缝衔接，甚至有点高冷？

中国是美食大国。推崇中餐和日餐的人各有人在，但是日本名厨谈到中餐，反而往往比较客气。日本专业素食料理家狩野由美子，自己也是蔬菜料理大师，她在自己的书《蔬菜之神》中谈到一次来自中餐的感悟。某天狩野由美子偶然品尝到一家中餐馆，觉得食物味道非常协调——这家甚至不是星级餐厅，而只是路边的餐馆。当时，她吃了一口就被震撼了，觉得“纤细而深具平衡的滋味”，犹如经过缜密计算而来。狩野由美子追问原因何在，她发现这家的厨师一直在不断调整炉子温度，重视到全神贯注的程度。由此，狩野由美子恍然得到重要启发，烹调的本质就是温度，感叹“到底是中国菜呀”。

所谓温度，就是火候，也是不同素材能够匹配的可能。简单说日餐推崇原味，中餐讲求调味，难怪有人说中餐是火，日餐是水，好的烹调是食物生命与厨师心意的结合，好的作品也是。对于中国的热腾腾情况，可能就是把握不好冷清清的《深夜食堂》火候吧，无论导演还是行业甚至观众，或许都没有完全准备好。

所以，也不奇怪，我们就算是跟风了那么多产值过亿的综艺节目，就算是可以在家里手指一动不付现金就可以吃到各种十三香小龙虾，仍旧还是没有这样一家深夜食堂。在我的新浪微博（@徐瑾微博）上，有朋友就回答说，不在一个阶段何必强求，“活了这么多年，看见的厨师没有一个有这种气质和追求的”。

说起日本深夜食堂，我倒是想起自己的一次经历。那是好几年前一个冬天，我从上海赶往京都，因为京都没有机场，等我们从大阪关西机场换乘关空特急“HARUKA”赶到京都并入住酒店之后，已经接近零点，日本百货公司之类店铺往往九点不到就准备关门，饭店稍晚也收摊了，居酒屋又太过吵闹。舟车劳顿之下，实在不甘心吃泡面，哪怕是日清之类热门代购，只好试着去一些小巷子试试运气，结果在行人稀少的街道溜达了一会儿，转角看见灯光，隐约一家食肆。

走进去之后，是家小面馆。人不少，原木色长桌，一个人也不会尴尬。和多数日本居酒屋的喧嚣不同，大家都安安静静，默默进餐，放松又自在。虽然没有小林薰这样做菜帅气又能恰当店主大叔的存在，但温暖的面，冷淡的氛围，居然也相得。

我已经忘记面的味道，甚至厨师的模样，但是那种氛围始终记得，这样的情况下，聊天不聊天，已经不重要了。或许在有《深夜食堂》这样的叫好作品之前，能够给都市夜归人，一个放松且能安慰熨帖肠胃的所在，更为重要。

《深夜食堂》翻拍门：从茶泡饭到方便面

没有比较，就没有伤害。

对比高口碑日剧版《深夜食堂》，中国版《深夜食堂》开播不久就遭遇集体吐槽。虽然黄磊主演的店主连刀疤位置都克隆得一模一样，但收视率却一路低迷，而且豆瓣评分仅仅是两分多，有人甚至追问，打两星的是不是收了红包？

于是，中国版《深夜食堂》最大的广告效应，不是分分钟抢镜的某某泡面，倒可能让很多人回顾了日剧版的《深夜食堂》。从二者基调而言，注定貌合神离，日剧版《深夜食堂》为什么吸引人？首先在于其日常不做作。先不说剧情的高下有别，就是食物设定，已经注定两部剧的口味不同。在日剧版《深夜食堂》中，其实没有太多高级料理，从简简单单的鸡蛋烧到没什么技术含量的牛油拌饭，都是庶民的家常菜，但是每一集制作毫不马虎，是用心就可以得到的美味。

从食物选择，进而可以看出两地“食堂”的人物设定差异。最典型就是日剧版的“茶泡饭三姐妹”。茶泡饭在日本是最寻常不过的食物，这三姐妹属于长相普通又追求纯爱的大龄女生，因为茶泡饭而结缘，她们分别喜欢在自家茶泡饭上放梅干、鲑鱼、鳕子，聚在深夜食堂，享受茶泡饭谈论男人是她们生活中最快乐的时间。这一小团体也因为男人而产生矛盾，一个个形单影只。最终三姐妹在深夜食堂老板的撮合下，以茶泡饭为契机而和好如初。

除了定期吃茶泡饭之外，三个女人的背景，大家几乎毫不知情，关于她们的过去与冲突也就是三言两语交代而过，甚至简化到连名字都没有，分别就是梅干小姐、鲑鱼小姐、鳕子小姐。这却不妨碍二十分钟故事能够展现出那么多自自然然的起承转合，关于茶泡饭三姐妹那集，很多粉丝看了都流泪，这就是编剧和演员的能力。

日剧版的“茶泡饭三姐妹”，在中国版换成“泡面三姐妹”。泡面出现频率之高，已经被很多人炮轰广告植入，至于黄磊如何悉心煮方便面也被吐槽不少，姑且认为这一转变，是主创团队考虑中日饮食的差距吧。但是问题在于，食物换了，随后的情节、人物、味道也都随之变了。

表面看起来，中国版“泡面三姐妹”大概为了强调这碗泡面之神奇，人物设定更为隆重用力，不仅有着更光鲜迥异的职业背景，也有更夸张对立的个性和名字，分别是芸小姐、爱马仕、

深夜食堂

伊丽莎白，甚至长相颜值比起日剧版也提升不少。然而花了那么多时间，显得多余的设定之上，泡面水准却始终没有多少提升，三人对泡面口味毫无差异，即使关于她们的故事还特地和现在流行的渣男话题挂钩，但人物个性在厚重设定之下却显得苍白浮夸，不仅泡面看起来毫无感觉，情节更让人觉得做作无味。

自然与治愈，是日剧版《深夜食堂》的最大特点，夸张与窥探，可能是国内版《深夜食堂》的潜在基调。创作而言，心思花多少花在哪里，观众看得见，简单并不意味着容易，复杂并不总是高明，全明星阵容并不意味着万事大吉。就像日剧版《深夜食堂》老板所说："我说虽然有点那什么……想得更单纯点不好吗？就像这茶泡饭一样，没必要考虑得太多，美味的东西就是美味，这不就够了吗？"

可不是，观众要的并不多。只是一份精心做出的本真食物，而不是一份精心调制为华丽大餐的方便面。可惜，总有人想要的更多，植入得越多，到头来也失去了人心。

迷读

● 森茉莉的大正气象

森——茉——莉，蜜一般的名字，甚至有种楚楚可怜的情致。

对于不熟悉的人，难免怀疑是一位今天流行的森女系明星，对于熟悉的人来说，她又往往被简化为日本耽美系大家，甚至有所谓“日本张爱玲”等宣传口号。在我看来，森茉莉的意义，其实远超于此。

森茉莉的一生，几乎像她的著作一样反复转折。她出生于1903 年 1 月 7 日，父亲是文豪森鸥外。综合各种说法，森鸥外中年得女，对她分外宠爱，森茉莉长于优渥之中，年轻时候可谓顺风顺水。

16 岁时，森茉莉出嫁，对方是实业家之子山田珠树，且研究法国文学，婚后很快生下长子，一切也算是在父亲的精心安排下顺利进行。此后，森茉莉随丈夫游历欧洲，期间父亲病逝。此后，森茉莉的人生境遇也开始变化，第一次婚姻失败，第二次婚姻再失败，加上战后社会变化以及失去家庭支撑，生计开始变得毫无着落，她成为作家也与此有关。

也正因此，直到50岁后，森茉莉才以怀念父亲的作品《父亲的帽子》正式进入文坛，但她的路数与父亲完全不同，主要在耽美小说领域大放异彩。在她的生活有所改善之际，久不联系的长子回来找她。按照流行的说法，此刻森茉莉原本可以享受家庭团聚的温暖，与长子频频见面如恋人，结果这份亲情在日后看来不过是一个觊觎她财产的骗局。这一变化，多少也导致森茉莉晚年生活凄凉，她久居下北泽的公寓，不仅生活清苦，而且据说房间内地板上垃圾堆积如山，散发出种种异味。

森茉莉青年之后屡屡遇人不淑，无论爱人还是亲人，对她多少都有嫌弃，这多少也是童年过度幸福的后遗症，森茉莉自身成长也是原因。从小父亲太多的爱，对她而言很容易养成一种情感层面的挥霍习惯，而且棉花糖一样的爱只有蜜一样的后果，无从教导责任与义务，这种爱也导致森茉莉对现实的无感。然而，也正是这种爱可能成为她写作的力量源泉，让她不仅写出很多华丽耽美小说，甚至晚年花费十年，终于写出以父女微妙关系为主线的小说《甜蜜的房间》。其中微妙情感与人生变故的纠结，外人恐怕难以体会，然而正是各种甘苦构成森茉莉一生写作的底色，正如她去欧洲，与父亲在车站告别之际的感受，她将这种关系比喻成“那温柔的蔷薇刺，在我心脏中间，现在仍扎着。这是我简直可怖的恋爱”。

森茉莉的写作，与一般女性写作风格不同，一直洋溢着华丽与饱满的气象。文豪三岛由纪夫对她尤其推崇，盛赞她的小说就像音乐、午后的阳光，“性感流动不息”。主人公藻罗的魅力，除了在于美丽，更在于其残忍，即对于不爱的人的无感与无爱，小说开篇藻罗密友野原野枝实无意间一句话便道出这个真相：“没关系啦。藻罗是个没有感情的人。我知道的。”然而，就在藻罗试图反驳并辩解的一刹那，心中却出现了“虚无的空洞”，自问“我真的活在这个世界吗？莫非我是个冷酷无比的坏蛋？世界上的坏人，会不会就是指内心构造像我这样的人？”

空洞、朦胧、茫然，对于自身的美与残酷产生的力量既无心认知，也无心约束，森茉莉主人公的“甜蜜的房间”并不在人间久驻，只存在于想象的世界，她本人与世界甚至所有人有隔，“肉眼可见之物也仿佛渐渐被心中的玻璃阻隔，那是种很奇怪的感觉。因此，藻罗所看到的一切，例如人、花、风景，所有这些其他人可以清楚把握的‘现实世界’，在她眼中都是朦胧的”。不仅物品如此，情感也是如此，“令她产生感情的对象，虽然不至于觉得她冷淡，但也只能感受到一种模糊的情绪。即使接受了她的感情，也无法与她产生共鸣。因此，假使藻罗某天被感动了，令她感动的那人，也很难有所察觉。更不可能和她分享感动”。

也正因此，真实和想象的界限对于她而言，并不非常清晰，“这世上的一切现实到底是真的存在，还是并不存在？藻罗觉得虚实的界限不很明确。既然这个世界如此模糊不清，死后的世界会否反倒是清晰、明白的呢？”

肉眼可见之物，对于藻罗的模糊性，不仅暗示她对于现实的情感、道德与规则的无感，更揭示她对于“想象的世界”的依赖：“在那个世界，没有现实世界的那些磨砂玻璃。完全透明的、极度薄透的玻璃彼侧，无论红色，还是绿色，全都披着层美丽的透明膜。就像汽车和自行车的后视镜映出的草原或红砖街景那样，美不胜收，令人产生如在梦境的沉醉。”

美、梦与幻想，构成藻罗的心理世界，这其实源自森茉莉的自身映射，也赋予其主人公独特气质。这种性格特征，在传统小说中的女性形象身上往往被忽略，是常规母性与妻性模板中缺少的人性特质，换而言之，这种人格特质非常男性化，即往往只有男主人公才有这种特质，本质在于，在爱的博弈中，爱往往就是一种臣服，而不爱则是一种权力。最终，这种残忍既让人如同飞蛾扑火一般迷恋主人公，其后果也多少导致主人公自身性格与命运的黑洞，然而，这也赋予小说一种暗黑与真实的张力。坦白说，我开始读《甜蜜的房间》，也是源自三岛由纪夫颇高的评价，但写这种近乎不伦的关系，已经有《洛丽塔》

在前，后人难以超越，但是森茉莉写出了自我的气象，有点政治不正确地说，即使是以女性为主角，场景局限于情感，她也写出女作家群体很罕见的饱满与开阔。

如今,《甜蜜的房间》与《我的美的世界》中文版终于出版，也算是弥补国内日本文学的一个缺憾，但是国内对于森茉莉的理解，恐怕仍旧流于片面。今天人们往往说她是“昭和腐女”，一方面是因为她写作主要在昭和年间，另一方面也是因为她的写作不少涉及耽美。事实上，我倒觉得森茉莉从昭和时代开始，等待她的就是离婚之类的人生变化，而战后的变化更是让她的生活猝不及防地进入低谷。

某种意义而言，养成森茉莉气质的是大正时代，这是她人生的高点，几乎所有美好的事都发生在大正时代。这是一个容易被国人忽视的时代，对于现代日本的形成却有特别意义，迄今网上还有“明治养士，大正养国，昭和养鬼，平成养豚”之说。在明治维新之后与昭和时代之前，还有一个大正时代，外界认为娴熟政事处事威严的明治天皇之后，还有一个看似无为的大正天皇，他在位的时代是为大正时代。

所谓大正时代，开始于明治天皇驾崩的明治四十五年（1912年）之后，继任的皇太子嘉仁亲王即大正天皇，据说后期因未能发挥出他父亲的优点，再加上天灾人祸接续而来，被世人称为“不幸的大正”，在位晚期由皇太子也就是后来的裕仁天皇摄政。“大正”一词出自《易经》。当时世界正遭遇欧战，日本经济繁荣，民主精神蓬勃而出，文艺思潮也颇为浪漫，甚至诞生专有名词“大正浪漫”表示当时气象，这一名词据说与文豪夏目漱石有关，是夏目漱石所起，代表人物竹久梦二、高畠华宵等，后代文豪三岛由纪夫的代表作品《春雪》也被认为带有浓厚的大正浪漫色彩。

大正时代只有十多年的时间，对历史来说不过短短一刻，难怪后世关注不多，但是对于一个人尤其一个女人，则意味着人生中的重要时刻。森茉莉的出生、成长、结婚、生子、游历，都发生在日本特别的时代，即那个夹在立意革新的明治时代和后面锐意进取又折戟沉沙再度复兴的昭和时代中间的大正时代，而且她的趣味与品位，比如崇欧，其实也很具有大正特色。

旅日作家李长声在解析“大正浪漫”的时候，曾如此说:“大正就好像明治的尾，昭和的头，这样的过渡时代往往是混乱的，而混乱中可能有自由，以至年月虽短，却别有美称，叫‘大正浪漫’。”大正时代结束了，森茉莉也随之离婚了，玫瑰色的人生结束了，但是玫瑰色的记忆却在日后愈加鲜明了。

滋养于大正时代，森茉莉的生活品位以及文字趣味的最大特点之一或许在于崇欧。日本女作家新井一二三写大正摩登时代，也不忘引用森茉莉小时候去帝国剧场看戏之后去银座咖啡店的经历——那是森茉莉第一次喝热咖啡，这些微妙的时代体验细微地融入她日后的书写中。《我这一代东京人》如此引用了森茉莉的感受："当年的银座夜晚很黑暗；从家家商店漏出来的灯光则是黄金色；微妙但几乎可以说是俨然的西欧文明香气，确实飘在商店里、人们的服装里、不知谁藏在口袋里的外国烟草烟斗里。那时代跟后来不同，是只有神经锐敏而理解西洋的人吃西方的东西，戴上舶来物品的。"

同为日本学者的鹿岛茂，也注意到森茉莉对于舶来品的超级想象力，在美军出售的物品中的一个浅绿色便宜杯子中，她也能看到"波提伽利女神的薄纱颜色"，而且"愈是便宜的舶来品，反而愈能从中唤起她对西洋的憧憬"。鹿岛茂在书中指出这种从便宜舶来品感受到梦想和乐趣，是明治和大正时期不少文人的共同心态。

深究一下，这种心态不仅存在于日本，充满了对于外来的美好想象与对自我社会的不满和厌恶，往往还出现在现代化转型中的后发国家之中，无论是奈保尔笔下用二流欧洲货的孟买中产，还是今天的中国城市家庭，都有类似情感——某种程度上，随着经济增长面临局限，劳动力工资面临天花板，好梦终究会醒来，这是一个注定会逝去的黄金时代，大家且行且珍惜。

森茉莉的崇欧情结，既是她想象力在生活中的自然外延，或许也是无意识间对于往昔的追忆。既生活清贫，又讨厌穷酸，这正是森茉莉奢侈贫困的心态，甚至将花大钱买东西视为一种没有梦想与乐趣的奢侈而已，想象力是她可以秉持的力量，即使和现实相去万里。也正因此，没有必要把《甜蜜的房间》的书写与森茉莉本人生活一一对应。

例如，都说美貌是双刃剑，福祸可能都会相伴。但是我认真看过森茉莉的好几张照片，无论是年老时候的横眉冷对，还是年轻时候的静美少妇，眉目之间还算清秀，但都不能算大美人，至少很难让人联想到《甜蜜的房间》的主人公少女藻罗那样，具有恶魔一般的美丽。由此可见，支撑森茉莉写《甜蜜的房间》的动力，仍旧是往昔的回忆与自我的想象。

想象既可以飞跃，也可以让人坠地。我读森茉莉，总时不时地想到这些年流行的一种病，即巴黎综合症，这种疾病往往出现在初次去巴黎的游客身上，当想象的巴黎不那么浪漫时，患者会出现失眠、妄想、幻觉甚至自杀倾向，而这种病症，在日本游客身上最为明显。

今天文艺青年还在追忆森茉莉在东京下北泽的生活，或者说在“邪正宗”咖啡馆的晚年暗恋，甚至不远千里去朝拜一下物是人非的旧地，这多少都带有小资色彩，文艺滤镜之外，才是真正的生活。现实或许与想象差距甚远，晚年森茉莉的处境在我看来，倒是更类似《被嫌弃的松子的一生》，何等缺乏自觉而不幸，又何等无辜而盲目。

幸好，森茉莉还有想象力，少女心无所谓好坏，只要能够有所投射。也许，关于她的童年，父亲的宠爱，几分真实，几分想象，只有上帝知道，就像主人公藻罗一开始的自白："世间的一切现实到底存不存在？藻罗看不出存在与不存在有什么明确界限。她想既然世间本是如此混沌不清，那人死后的世界反而更清晰真实；对另一个神秘的世界，她甚至有短短一瞬的幻想。"

森茉莉生于东京成长于东京死于东京，虽然不少粉丝会想到下北泽去瞻仰其遗迹，但她的足迹从不止于下北泽，上文提到的银座何尝不是，银座更不乏文豪太宰治与三岛由纪夫之类出没的酒吧饭店。我住在银座附近，工作地点在东京大学本乡校区，那边不远处还有一个小有名气的温泉酒店鸥外居，据说是森鸥外的故居。文豪足迹在东京这座城市实在处处遍布，这是往昔财富和漫长时间浸润与浇灌的土地，实在无需刻意远足汲汲以求。对于不远千里去一个固定地点朝圣，我觉得有点刻舟求剑，相信随机漫步会带来更多惊喜。

我散步东京街头，这是一个老龄化的社会，往往不经意间，就可以看到各类独行的年长妇女，有的负重佝偻缓步，有的戴着时髦夸张的帽子，有的披着豹纹皮草，多数尚施朱唇粉黛，有的甚至还染了粉色等出挑发色，辞色行走之间，姿态各有不同，但也各有各的尊严。在我的想象之中，她们的形色或多或少也有一两分森茉莉，或者说当年森茉莉也这般倔强地行走于她们之中，这多是美丽的误会与想象的附会，无论愿意还是不愿意，因为森茉莉的部分书写已经与这座城市的往昔融合为一体了，这就是文学的不朽。

●《雪国》的中文渊源

“穿过县界长长的隧道，便是雪国。夜空下一片白茫茫。火车在信号所前停了下来。”

这是川端康成登峰之作《雪国》的开篇，正是通过这种空寂与幽玄的境界，使得《雪国》完整地铺成了“余情美”与“物哀美”的日本美学。叶渭渠在《川端康成传》中如是评价：“如果说，短篇小说《伊豆的舞女》是川端康成的成名作，奠定了作家在日本文坛的地位，那么相隔八九年后发表的中篇小说《雪国》，就标志着川端在创作上已经成熟，达到了他自己的艺术高峰，最后导致他成为蜚声世界的名家。”

正是叶渭渠，引入了《雪国》以及川端康成等人。《雪国》创作于 20 世纪 30 年代，被外界誉为“昭和文学的杰出代表作”“抒情文学的最高峰”，有人甚至表示“川端是《雪国》的作家，为了《雪国》，川端可以失去其他作品”。《雪国》也成为川端康成在海外流传最广、被研究最多的文本，中国港台地区亦不乏多个译本。然而，《雪国》与中国内地读者见面，却拖延长达半个世纪，其中曲折，更是令人喟叹。

叶渭渠回忆，过去“言日本文学，必是小林多喜二、德永直，译坛介绍日本文学，也局限在无产阶级文学、批判现实主义文学”。70 年代末，叶渭渠在当时人民文学出版社计划出版的“日本文学丛书”中列入了《川端康成小说选》。不过，因为川端康成当时还被视为禁区，非议颇多，叶渭渠觉得既然有风险，就自己动手，他和川端文学的邂逅也因此开始，成为偶然之中的必然。但因《雪国》内容涉及温泉艺伎而屡遭批判，有人甚至动议《川端康成小说选》中撤出《雪国》。最终因为叶渭渠的坚持，《雪国》才得见天日。这也再次证明了翻译文学的阻力往往来自文学之外。

正是因为叶渭渠对《雪国》等著作的翻译，80 年代初期川端康成开始进入中国读者视野，他也成为影响中国文学最大的日本文学家之一。小说家莫言多次表示自己的创作深受川端康成启发：“80 年代中期的一天，我从川端康成的小说《雪国》里读到了这样一个句子：一只黑色壮硕的秋田狗，站在河边的一块踏石上舔着热水。我感到眼前出现了一幅鲜明的画面，仿佛能够感受到水的热气和狗的气息。我想，原来狗也可以堂而皇之地写进小说，原来连河里的热水与水边的踏石都可以成为小说的材料啊！”

小说家余华也是偶然邂逅川端康成的作品才开始写作的，并且导致他在最初写作生涯中对川端迷恋不已，“川端的作品笼罩了我最初3年多的写作，那段时间我排斥了几乎所有别的作家”。

“川端热”背后，不乏文学因素，更有时代契机。在经历东西左右上下求索之后，代表东方美学的川端文学强调感觉，无意间暗合了80年代中国方兴未艾的寻根文学的渴求，而叶渭渠等人的桥梁作用不可小觑。

老翻译家严复曾经强调翻译的要求是“信、达、雅”，然而一百多年后，翻译对于中国人来说，已经不仅仅是翻译，读者期待更多，而译者背负更多。也许今日翻译界状况，不复如此沉重，却也失去了某些老辈翻译家的精气神。就文学而言，王小波曾经盛赞翻译法国小说家杜拉斯作品《情人》的王道乾先生启发了他对汉语之美的理解：“文字是用来读的，不是用来看的。看起来黑压压的一片，都是方块字，念起来就大不相同。诗不光是押韵，还有韵律；散文也有节奏的快慢，或低沉压抑，沉痛无比，或如黄钟大吕，回肠荡气，这才是文字的筋骨所在。”

除了组织翻译，叶渭渠也从事颇多日本文学以及文化研究，主要著作有《日本文学思潮史》《日本文化史》《日本文学史》等，对于川端康成、三岛由纪夫、大江健三郎、谷崎润一郎、横光利一等日本著名作家的翻译以及推广研究着力不少，得到包括加藤周一在内的日本学者赞誉。对于叶老，我们寄予相同的敬意，就如他曾在著作《物哀与幽玄：日本人的美意识》中提到，名诗僧良宽晚年在狂放之后留下了绝笔诗："秋叶春花野杜鹃，安留遗物在人间。"这也可以转赠斯人，因为我们曾经受益良多。

其实，开篇所谈川端康成所谓"县界"原文是"国界"。根据旅日华人作家毛丹青的考证，《雪国》中这条隧道是1931年开通，叫"清水隧道"。这一与世隔绝的"雪国"就这样，进入庞杂的中文世界，我们的记忆中，从此有了"雪国"以及川端的存在。

• 太宰治：不抵抗之罪

问问老天，不抵抗是罪吗？

——太宰治

我无话可说，祝你们幸福快乐！

——德里克·贾曼（英国导演）

加缪曾言，真正严肃的哲学问题只有一个：自杀。然死生之事，于作家亦莫大焉。想象这样一个作家，一生以毁灭生命为志业，从二十岁起五度自杀，终于在四十岁前了结生命；想象这样一个作家，毕生的写作都是以自身为蓝本，自传体式的回忆贯穿文本；想象这样一个作家，生前毁誉参半，死去近六十年还被不断追忆，连忌日都成为节日……他就是太宰治，日本无赖派大师，是与川端康成、三岛由纪夫并列的战后文学的巅峰人物。

一

太宰治，本名津岛修治，1909 年出生于日本青森县北津轻郡贵族家庭，父亲是当地重要人物，曾任众议院议员、贵族院议员，母亲体弱多病，不能亲自抚养孩子，所以在十个孩子中排行第九的太宰治自小由姑母与保姆照顾，父亲的严厉与母亲的缺席让太宰治从小心思纤细而敏感。

太宰治在中学时候开始创办同人刊物，从此决心以文学为业。1930 年到东京帝国大学法文科就读，师从井伏鳟二。大学时期太宰治积极参加左翼运动，同时开始过着放浪不羁的生活，曾与艺伎同居，毕业后走向消极，其间四次殉情未遂，39 岁时与最后一位爱人相约投水自尽。

1935 年太宰治以《小丑之花》初登文坛，短篇《逆行》亦入围芥川奖，后来继续出版不少的作品集，尤其以晚期的《斜阳》与《人间失格》为人称道，被誉为战后日本文学的金字塔作品。

日本一向有“私小说”传统，纵观太宰治的重要作品，无论短篇如《东京八景》《小丑之花》，还是长篇如《晚年》《斜阳》《人间失格》等，都是对自我生活的写照，主题也颇多重合，大多是一个落魄主人公的毁灭之路，职业也往往是作家或者画家，连自杀的时间地点缘由也往往与他的亲身经历重叠。

按照伊藤整和平野谦1945年对“私小说”的分类：表达“生存的危机感”的，是破灭型；克服“生存的危机和破灭”，是调和型。虽然太宰治未必认可“私小说”及其分类，但是从风格上说太宰治无疑属于前者，对现实无力也无心调和，这是他的懦弱，拒绝一切妥协，也是他的骄傲。

二

太宰治最重要的小说是遗作《人间失格》，此书完成，他旋即投水，可以算是天鹅之作，蕴藏了他一生的遭遇与映射。“人间”这个名词，在日语是与“人”同义，不具“社会”等含义，所以“人间失格”的意思就是“丧失做人资格的人”。

全书由序曲、后记以及三篇手札构成，典型的太宰治式套匣式结构。书中主角大庭叶藏自认天生是个“边缘人”，所以曾经积极参加“非法”的马克思主义社团，后来因为与女演员相携自杀的时候，女方身亡而他获救，所以他被以教唆杀人的罪名短暂入狱，沦为罪人；结婚之后，纯洁的妻子却因为信任而遭到玷污，这让他彻底崩溃；最后大庭叶藏这么一个丧失为人资格的人完全凭感情行事，一步步由病弱、无力走向堕落的人生，从沉湎药物、买春、自杀到完全不理解他人，同时恐惧弃绝世界，最终被送进精神病院。

日本评论家奥野健男尝云，以文学来说，对于他，坂口安吾为父，太宰治为母，他亦算太宰治的一个知音，他解《人间失格》是“太宰治只为自己写作的作品，内在真实的内容自叙体”。

无论身逢乱世还是太平年间，最大的兵荒马乱到底都是幻灭。“人为恋爱与革命而生”，这是太宰治晚年代表作《斜阳》的主人公和子的观点，而太宰治身历过革命的失败与爱情的沦陷之后，倘若不能犬儒，即使他熟读《圣经》也难觅归宿，那么虚无是唯一减缓痛苦之道。尼采强调宁愿追求虚无也不可无所追求，所以他即使反基督也还是在基督教的更大的框架之内进行，从某种意义上分类，尼采属于“强”的虚无主义者，表现是强者，但是太宰治是“弱”的虚无主义，表现是懦夫——这里的强与弱，只是一种浮在存在之上的姿态，本质到底还是一致。由此，太宰治的小说往往刻意表现一种懦弱美学，《人间失格》里说：“懦夫连幸福都害怕，碰到棉花也会受伤。”所以不仅没有勇气奋起抗争，而且连幸福、爱情也不明所以，往往承受不起，《人间失格》主人公每日自责：“苟活着就是罪恶的种子！我的不幸，是无力拒绝他人的不幸。一旦拒绝，不论对方或是自己心里，永远都有一道无法弥补的白色裂痕。我被这样的恐惧胁迫着。问问老天：不抵抗是罪吗？”最后灵肉一起湮灭。因为不抵抗之罪，所以失去为人资格，这不抵抗之罪其实也正是骄傲：拒绝一切形式的妥协，以放弃抵抗来表示自己的立场。在另一本《斜阳》中，主人公即使在遗书的最后一节，也要写下“我是贵族”。可惜，骄傲更为七宗罪之首。

三

无赖派文学，灵魂憔悴破败之音。顾名思义，无赖派文学在日本主要是指以自谑的态度来表现战后日本社会与现代人精神与感官世界的双重萎靡，疏远于主流之外，以颓废抵抗社会化，现代人身陷其中而又难以脱离的异化被一再抵制，由此“无赖派”对战后日本文学影响深远。太宰治在《东京八景》中有段话很形象地表明了无赖人的无奈境地：“我是无知骄傲的无赖汉，也是白痴下等狡猾的好色男，伪装天才的欺诈师，过着奢华的生活，一缺钱就扬言自杀，惊吓乡下的亲人。像猫狗一样虐待贤淑的妻子，最后将她赶出。”“我深刻体会到，像野兽的，并不只有所谓的军阀。那并不局限于日本人，而是人类一个大问题。”（《货币》）当社会已经成为一种惩罚与训诫的严密组织时，太宰治的主人公往往表现出很强的边缘型人格，厌倦社会，太宰治书中主人公或者说他自己往往与社会格格不入，“不合法，对我来说有点好玩。说得更明白点，这让我心情大好。世界上所谓的合法，反而都是可怕的。”（《人间失格》）；同时又因无力反抗而厌倦自我，所以以不作为的颓废堕落来抵制一统的普适价值，但是理性思维与非理性行为在不断脱节拉锯，这让他陷入自责，最终生命在自我沉沦与放逐中跌入毁减灭绝。

对于太宰治作品的评价，争议往往很大，爱者众多不假，诋毁者也不少，其中三岛由纪夫或许是最为严重的，批评太宰治“气弱”，人也很讨厌。但是他后来却在文章中分析说讨厌看太宰治的作品，也许是因为他暴露了自己所不愿意暴露的心情。其实，即使三岛不说，当时也有人注意到他们风格存在内在的一致性，三岛看见太宰治的不安，或许是一种类似从镜中看到另一个我的缘故。还是奥野健男说得最为贴切：“无论是喜欢太宰治还是讨厌他，是肯定他还是否定他，太宰的作品总拥有着一种不可思议的魔力，在今后很长一段时间里，太宰笔下生动的描绘都会直逼读者的灵魂，让人无法逃脱。”因为，我们心中或明或暗，都存有懦弱的一块，被他无声地侵袭，无从回避。

四

因为太宰治一生多次自杀，所以他最后一次也就是第五次自杀之前的失踪，6 月 15 日的《朝日新闻》还登载了一则小新闻《太宰治先生出走了吗？》；6 月 19 日，太宰治与情人在玉川上水投水离世，因为那天也是他 39 岁生日，所以从此在日本生死如果在同一天，就会被称为“樱桃忌”，语出太宰治晚年作品《樱桃》。

加藤周一认为日本人的死生观中，自杀非常重要。日本人认为生如樱花，在绚烂的巅峰迅速凋谢是非常具有美学意蕴的，画家古贺香江直接说：“再没有比死更高的艺术了，死就是生！”所以日本现代文人多有自戕之举，太宰治之外，北村透谷、芥川龙之介、川端康成、牧野信一、三岛由纪夫等均是此辈中人。自杀的作家中，深究个中原因，恐怕除了文化之外，有太多伤痕是历史生生割出的。昭和时期的文豪自杀颇多，因为激荡而新旧变迁，昭和时代对于作家来说委实痛苦，日本一百年来“超克”与现代化之冲突更让人困惑，比如三岛由纪夫为了唤醒军魂，在全日本电视直播面前切开自己锻炼了十几年的精实腹肌，这一自杀行为显然有相当外部性，极具政治意味。至于太宰治，日本评论家平野谦说：“太宰的死，可说是这种历史的伤痕所造成的。”太宰治作为战后崛起的作家，以昭和十二年为界，战前战后的变故足以摧毁太多东西，他大学时代就对左翼运动有极大热情，之后经历左翼运动被镇压，日本战败，战后左翼的妥协，日本文明的瓦解，国家被迫转型，这些动荡虽然在他小说中着墨不多,但是对于生命信仰的破坏却是致命的。从个人来说，从小缺乏家庭关怀，生性敏感，神经纤弱，厌恶家庭却一生都在经济上难以脱离家庭支持，这些都最终促使他彻底走向虚无。

五

我读太宰治是十多年前，最早是港台版本的，当时在中国大陆出版的太宰治的作品并不多，据我目力所及，除了《人间失格》(北京师范大学出版社出版，当时译作《丧失为人资格》)和《斜阳》(曾经由上海译文出版社和山东文艺出版社分别出版过)之外，唯一的例外是鲁迅弃医从文一百周年时新星出了本太宰治以鲁迅为原型的中篇小说《惜别》。

《惜别》一书，是太宰治受日本内阁情报局和日本文学报国会的请求委派与资助而成，后两者目的自然是为当时的大东亚思想服务，但是太宰治的书基本保持了独立。可惜这本书在太宰治的作品中评价不高，首先因为日本战后对鲁迅的评价基本是竹内好的观点一统学界，其次《惜别》中鲁迅的形象受制于有限资料，过于机械，所以太宰治这本书日久就渐不为人知。

小川洋子认为作家必然是站在生者与死者的界限，视角往往是已死之人，太宰治亦然。但和其他大师好作上帝视角俯瞰众生不同，太宰治对人间的深刻凝视常含情意，连讽刺以及憎恨亦往往寄予温情，所以他的文风多情怀旧处不让女子——对于诸多的美好，海角的花朵，裸泳的少女，奔走的美乐斯，庭院中的灌木，地上的日影，于他都不是不能欣赏。因为懦弱，所以逃避生命，以不抵抗在最黑暗的沉沦中生出骄傲，因为骄傲，所以不选择生，所以拒斥粗鄙的乐观主义。或许正如他写古希腊诗人萨福一般："以为纵身跃下山崖，就可以忘记思念。"灵魂破碎之后，我们在歌舞喧哗中继续苟且，他选择死亡，谁更好一点，只有上帝知道。

● 村上春树：作为局外人的小说家生活

不明白。怕是因为生在那上面的吧——是、是这么回事。我大学毕业也回土星。建、建设一个美好的国家。搞、搞、搞革命。

——《1973年的弹子球》，村上春树

“你看了村上最新的书吗？”

2017年初来到东京，和日本朋友见面，随口问了一句。我当时正在读村上春树在国内新出的散文集《我的职业是小说家》，觉得很有意思。朋友也是村上迷，难免问候一下。结果对方说我也想看，但是没人能看到吧，现在还没出版呢。我愣了一下，才反应过来，他说的是村上春树最新的小说《刺杀骑士团长》。

一

这本书是村上春树2017年的重磅小说，注定将村上再次推向舆论中心。

首先是村上本人名气使然。这本书首印就是 130 万，出版社是日本鼎鼎有名的新潮社，名字直到 1 月初才确定，但不妨碍宣传从 2016 年年末就开始启动。没有书名的时候宣传语是“时隔 7 年的本格长篇”，意为村上继《1Q84》之后的扛鼎大作。此外，为了让读者第一时间读到，多家书店在首发那日深夜继续营业。

我来日本的时候，村上新书名字公布没几天，各主流书店已经放了很大的海报，但是对于内容却十分保密，饥饿营销宣传攻势十足。我客居所在，离东京八重洲购书中心不远，这也是东京都内有名有姓的书城，地位类似上海书城之类。从我年初过去，《刺杀骑士团长》的海报就一直占据门口主要位置，等到红红绿绿的书一到，更是摆在店内最显眼的位置，上下册触目皆是，满坑满谷。

“这是一个没有脸的男人，来找一位画家给他画肖像。”这是《刺杀骑士团长》故事在网络流行的开篇。令人关注的是，《刺杀骑士团长》引起舆论风潮，更因为其政治因素。书中涉及了南京大屠杀话题，尤其借助书中人物之口表示，关于“南京入城”中国人死难者的数字一说是 40 万，40 万和 10 万的差别到底在哪里呢？村上的主题以及态度，对于怕麻烦以及暧昧习惯的日本社会，显然是一次巨大冲击。

不难想象，《刺杀骑士团长》在日本引起了很多争议，左翼与右翼对此的评价自然两极化，据说村上还为此接受一次联合采访，依旧表明自己相信讲故事的力量。

《刺杀骑士团长》或许是村上政治介入最明显的一本书，但不能说是转向。他采访说的话其实并不新鲜，也是村上一以贯之的信念，以故事对抗，也是小说家的道德。这也就涉及村上作为小说家的心路历程，正如他在《我的职业是小说家》中所言："我的基本姿态与思维方式却几乎毫无变化。回想起来，我甚至感觉从当年出道时起，差不多一直在重复相同的事。"这本书也可以作为村上文学的注脚。

二

《我的职业是小说家》据说不是编辑约稿，而是村上春树自己成书，宣传说是村上春树历时 6 年"前所未有的自传性作品"，可见，其中不少内容，是村上春树不吐不快的。

作为小说家，村上强调持续写作的重要性，但是不是所有年份都有丰收，所以村上往往隔几年写一部大部头，中途陆续出一些散文集或者小说集。不仅村上春树，奈保尔之类大作家，往往也会如此，这对于读者和作者本身都是必要的，既保持了写作的持续，也维持了市场的关注度。

村上在谈论创作时，讨论过很多有趣的话题，比如小说家是宽容的人种吗、写点什么好呢、该让什么样的人物登场等。其中很多内容，对于村上的老读者，并不意外。但是比较意外的是，村上还谈及和心理学家河合隼雄的交往。两人本来没有什么交集，却因为都在海外访学而认识，最终结下友谊，合著出书。背后促成这件事的，正是村上背后的女人：村上的太太村上阳子。

“30 岁那年，我获得文艺杂志《群像》的新人奖，以作家身份正式出道。”这是村上春树作为小说家的开始，他自谦是一个比比皆是的普通人，“走在街头并不会引人注目，去餐厅吃饭时经常会被领到糟糕的座位上。如果没有写小说，大概不会受到关注，会极为普通地度过极为普通的人生。”

然而，他的人生到底和一般日本主流期待的大公司上班族（サラリーマン）生活不同。他上的是早稻田大学，当时还是私立大学，学费比起国立大学贵了一倍，别人上好的私立大学往往是为了找好的工作，然后成家立业，然而村上似乎并无此意，至少他的路线刚好与别人相反，上学，先结婚，然后工作，最后毕业。

回顾自己三十多年职业小说家的生涯，村上总结为机缘巧合，“偏巧有一点点写小说的资质，又得到幸运眷顾，再加上几分顽固（往好处说是持之以恒），就这么作为一个职业小说家，一写便是三十五年有余。这个事实至今仍然令我感到震惊。我想在这本书里表达的就是这种震惊”。这种震惊背后，或许少不了阳子的存在。

正是在早稻田大学期间，村上与未来的太太高桥阳子相识，两人准备结婚的时候，村上一方家长反对，而高桥家则很开明，据说只问了一句“你爱阳子吗？”村上休学期间，夫妻二人最初过着白天去唱片行打工，晚上再去咖啡馆工作的生活，几年后努力攒钱有自己的生意之后，生活才算初步安顿，村上直到1975年才拿到自己的学位。

在70年代的时候，村上和太太在国分寺车站南门开设了一家店，也就是大家熟知的爵士乐咖啡馆“Peter Cat”。白天可以喝咖啡，吃东西，当然，还可以喝酒，还有现场演奏会。村上和太太做着自己喜欢的事，即使负债累累也继续下去，他们当时“过着非常节俭的斯巴达式的生活”，“家里既没有电视也没有收音机，甚至连一只闹钟都没有。也几乎没有取暖设施，寒夜里只好紧紧搂着家里养的几只猫咪睡觉。猫咪们也使劲往我们身上贴过来”。

村上春树很少在媒体曝光，阳子本人出镜更少，偶然和村上同框是在一次颁奖仪式上——事后，不少人包括国内女作家认为这一场景非常可怕，因为村上本人看起来还颇有魅力，而太太已经垂垂老矣。这种想法显然过于以己度人。事实上，村上太太对于村上的写作影响很大，可以说是很神奇的人物，村上见河合隼雄之类，就是阳子坚持安排的，她说见这个人一定会有好事发生，事后证明果然如此。

村上跨界的谈话，我印象中还有一次是和指挥家小泽征尔，两人都享有国际声誉，在各自的领域都颇有声望，对话在美国檀香山、瑞士日内瓦湖畔、驶往巴黎的特快列车上等地点展开，主题自然也是音乐，非常有意思。这场跨界合作背后也有村上夫人阳子的影子，村上表示自己通过小泽征尔的女儿征良见到小泽先生，随后有对话机会，而从小泽的记录来看，征良也是阳子的挚友，在后记中他还特别致谢阳子“总是为我准备营养丰富的小菜”。

村上一方面远离大众与媒体，另一方面却也和河合隼雄、小泽征尔等不同的人物跨界交流，背后原因，很大程度是彼此作为创作者的认同。村上总结自己与小泽先生有三个共通点，都能从工作中获得一种纯粹的喜悦、依然拥有年少时期的求知欲、有耐心的顽固，因此交流常常有遇到知己的感觉，“他这心态，我也了解”“庆幸世上有他这样一个人”的感叹也会时常出现。

这种相遇，背后是一种理解，这种理解高于才华、秉性、知名度，是一种人生态度的契合。而村上太太阳子，对于这种状态的维持显然是积极因素。其实，以小说家职业的孤独属性，加上村上的离群索居，家庭的亲密关系非常重要，村上夫妇之间显然具备这种化学反应，这对于村上生活乃至写作非常关键。至于外貌，村上对粉丝早有解释：“我们刚结婚时，她头发又直又长，留到腰际。可是这几年来越剪越短，现在因为她常游泳，她的头发超短。她真的很特别，除了一些特殊场合之外，她从来没有烫过头发或化过妆。”

三

今天大家谈起村上春树，往往和村上隆之类艺术家或者漫画家相提并论，认为代表了日本流行文化。有趣的是，与村上同步流行的优衣库，两者之间有着不引人注目的隐秘关联——在日本，不少年轻人除了人手一册村上小说外，更多人更不止一件优衣库经典带帽衫。

优衣库的创始人柳井正也是传奇人物。他不仅是日本名列前茅的富豪（早几年他一直保持日本首富头衔，直到近年被软银集团的创办人孙正义取代），而且他的经营模式也颇有特色。

他继承家族生意，但是依靠革新管理方式、低廉优质产品与全球化运作，使得优衣库成为日本泡沫经济之后少数成功企业。

我意识到优衣库和村上春树文学的关联性，在于两位灵魂人物类似的成长背景与隐秘的精神连接：他们都出生于1949年，同样上了早稻田大学，不过柳井正的专业好多了，是早稻田大学最有名的政治经济系。当年，早稻田大学风气比较自由开明，60年代日本学生运动风起云涌，早稻田大学曾经为此停课一年多。

两人同龄，上大学的时候不知道有无交集或者擦肩而过。不过从两人的回忆与路径来看，很多地方具有时代共性，个性也有暗中契合之处。比如柳井正自述沉醉于“美国文化”，大学时候就因为游学美国等地停课一段时间，也提到了当年弹球盘与爵士乐，而村上毕业之后也拒绝走上上班族道路，早期作品写过《1973年的弹子球》，甚至毕业论文题目就是《美国电影中的旅行思想》。

更为重要的是，即使在各自的领域获得极大成功，两人不同程度都被自己领域的同行所排斥，他们都被视为是闯入者，这是日本社会不可言传的一面。我曾经和东京大学藤井醒三教授交流过村上春树其人其文学。藤井教授的研究方向是中国文学，一直坚持寻找村上文学和中国文学的渊源，尤其是鲁迅的影响。他本人比村上小几岁，他说从他这代人开始，很多人都很喜欢村上，但是比他大几岁的人，往往很不喜欢村上，而村上与日本作家圈交往也不多。藤井教授办过几次以村上为主题的学术研讨会，村上本人收到邀请也从不出席。同样，柳井正虽然是日本首富，但在日本传统的经济格局中，仍旧是作为异类的存在，他与媒体和主流的关系也比较疏离，与传统制造业大企业代表的经团联公司管理层形成奇妙的对比。

幸而，他们作为革新者，得到公众的支持，虽然很多时候，公众也未必完全意识到他们的书籍或者商品背后的价值观与社会取向。

四

一次又一次，村上春树与诺贝尔文学奖擦肩。我不意外，也挺好的。

之所以不意外，正如我多次说过的，写畅销书还得诺贝尔文学奖，听起来好像就是太好却不太容易成真的美事；之所以说挺好的，是因为得奖与否实在不是唯一目的，对于眼下有名气、有身份、有畅销保障的村上，多一个锦上添花，少一个来日方长。

不过，村上春树没能获奖，在国内激起的涟漪似乎超过日本，从诺贝尔文学奖的颁奖规则解析再到得主性别、地域、政治解析，就是素日严肃高端的财经媒体也来凑热闹，更有甚者，搞了诺贝尔文学奖的投票标准。

诺贝尔文学奖是个一谈就俗的话题，难怪人人未能免俗，笔者忝列其中。

目前社交媒体的流行说法主要分为两类，一类是得奖之前，主要是感性表达，往往集中于表达远近亲疏，所以中文书籍出版多的尤其来中国多的作家往往被一厢情愿地冠之以热门希望。这是人情，无可厚非，但是相比较国际作家的复杂程度，如此单纯的愿景实在难以匹配文学世界的实在进展。另一类则貌似理性预言，尤其是名单公布之后纷纷显示自己的先见之明，就像证券分析师们总是张扬正确的预言隐匿错误的预言一样，好像永远手握水晶球。

文学是很私人的事，文学评论更是众口难调，尤其在众声喧哗的今天，所以诺贝尔诸多奖项之中，文学奖大概是各路意见最多而又最漫无边际的一个。

按照微博好友李大卫的说法，大体上，诺贝尔文学奖的话题热度，和一个人群文化上的外省程度成正比——此处，“外省”这个词语，换作土豪、城乡接合部亦可。更进一步，评价的专业甚至清晰程度，基本与参与人数成反比，诺贝尔文学奖就是其中一例。

虽然哲学家说趣味无争辩，但品位总是被附加长长的鄙视链条，文学界的势利评论比比皆是。当诺贝尔文学奖偏向众望所归之际，往往会被批评迎合大众，而当诺贝尔文学奖剑走偏锋之际，往往又有批判说喜欢冷门，两害相权取其轻，好像冷门总比大众高端洋气上档次一些，所以个人对最近十年来的诺贝尔文学奖得主实在兴趣不大，不必列入非读不可行列。

从 82 岁的加拿大奶奶爱丽丝·门罗获奖再到英国文坛的“移民文学三雄”之一的石黑一雄得奖，各种新闻总有写头，从家庭主妇逆袭成为热门话题到一下子人人都爱读移民小说，那么让大家继续去谈诺贝尔文学奖，我们继续聊村上吧。

村上的作品，其实为“村上春树”四个字所累，贴上通俗、小清新之类标签后，当我们谈论村上时，往往有过度诠释之嫌，还会面临更大一群不读村上的声音。社交媒体上的村上愈加面目模糊，有前辈说村上的小说不如日本前辈，有年轻作家留言说村上远远不如帕慕克，就连经济学家也在谈论村上作品的色情，很多人批评村上的作品脱离社会，村上还是村上吗?

村上确实不类似他的日本前辈，尤其是昭和一代的文豪，风格也不如帕慕克那般带有东方色彩，情色似乎也是村上作品中自然不过的摆设，以至于常常令人忘了它的存在。不过，我认为这恰恰是村上作品的特点，那就是他的现代性。抽离东京等地名，村上的人物无论放在纽约还是上海，都是栩栩如生的，我觉得对于小说家来说，能够创造出这种都市化的真实，已经弥足珍贵。帕慕克或许比村上深刻，但是我从村上汲取的养分，远多于帕慕克，正如张爱玲所言，现代的东西，到底和我们亲近。

其实考察村上本人，好像除了在美国看到船底的海裙菜忍不住流口水之类细节之外，他带有不少世界公民的气质，无论跑步的生活方式，还是音乐的流行趣味，抑或饮酒的倾向习惯，很难看出特别的日本化因素。村上的前辈中，如获得诺贝尔文学奖的川端康成，东方和传统因素影响不菲，就像颁奖词也强调“他忠实地立足于日本的古典文学，维护并继承了纯粹的日本传统的文学模式。在川端先生的叙事技巧里，可以发现一种具有纤细韵味的诗意……在架设东方与西方的精神桥梁上做出了贡献”。

可是，村上不是川端，村上的时代也不是川端的时代。在一个后现代的时代，村上的写作，体现了与世界的共时性，这也是他不仅在日本赢得欢迎，在别的国家也收获粉丝的原因。我以前觉得村上是一位有世界公民特质的作家，后来想想，对于呼吁脱亚入欧多年的日本，本来早就在发达国家的共同体内，我们看村上，和世界看村上，角度不尽一致。

回头来看，这不是村上第一次与诺贝尔文学奖失之交臂，只是这一次貌似离最后一步最近。我想起村上的早年，他就读早稻田大学，逃学旷课，几乎无法毕业，但是多年之后，却成为早稻田大学的杰出校友。这和他的文学路径有些类似，他喜欢卡佛、菲茨杰拉德等人，却按照自己的方式写出了自己的作品，即使有通俗之嫌，但最终仍旧有可能获得殿堂的认可。我不想说村上的作品如何伟大，但是我觉得他最终得奖非常有可能，这或许也是给诺贝尔文学奖一次承认文学在真实世界影响力的突破。

手边有本村上作品集《碎片，令人怀念的 1980 年代》，写于 80 年代早中期，那时候他最卖座的《挪威的森林》还没出版，他也在为写《世界尽头与冷酷仙境》伤神，甚至会从早上写到三点过，烦得不得了了就去看电影。

换言之，这本书是村上尚未大获成功之前的作品，从中可以一窥没有太多防卫心理的村上心声，有的话放在当下尤其值得玩味，比如他说这个“令人费解的世界”的名声和评价：“如果非要表达个人意见，我认为在这种信息过度密集的现代社会里，一切名声本质上都是过度评价。评价不足的概念在任何地方都不存在，被视为评价不足，本身就已经是一种过度评价了。”

村上很喜欢菲茨杰拉德，也很喜欢国外杂志比如《君子》，二者也有联系。关于菲茨杰拉德下体的尺寸，因为海明威的《流动的盛宴》中的描写成为多年话题，以至于日后还有《君子》杂志创始人金里奇来澄清，尺寸“足够了”。村上看到这些新闻又无可奈何地感叹，作家这个行业不好混：“活着的时候要接受评论家恶毒的批评，死后连阴茎的尺寸还要被拿来大做文章。”

今天的村上不也是如此吗，诺贝尔文学奖公布之前被批判，公布之后被揶揄，确实不好做啊。

五

村上春树大概是在日本国内甚至国际上最为畅销的日本当代作家，其国际影响毋庸置疑。他不仅在诺贝尔文学奖领域呼声很高，这些年也斩获耶路撒冷文学奖、西班牙卡塔龙尼亚国际奖、安徒生文学奖等国际奖项，即使被誉为美国当代最好的小说家之一的乔纳森·弗兰岑，也一边表示很难找到让人真心感激的书籍，一边表示非常感谢村上春树写出《奇鸟行状录》（也翻译为《发条鸟年代记》）。

不过村上在日本国内的获奖记录就比较一般了，不仅没有获得芥川奖之类的纯文学奖项，甚至通俗文学奖如直木奖也与之绝缘，这方面甚至不如东野圭吾。好玩的是，村上春树对于日本文学圈甚至主流，一直有点自甘局外人的状态，他的影响很大来自于读者的肯定，这些读者很大意义上是作为弱者的大众，也是村上的影响所在。

在耶路撒冷获奖后那篇著名的演讲中，村上作为一名小说家发声，表示自己也是一名职业撒谎者，表态“在一堵坚硬的高墙和一只撞向它的蛋之间，我会永远站在蛋这一边”。村上演讲的义正词严，曾经让我和很多朋友一样激动认同，让我重新思考，站在蛋这边，但是蛋是正确的吗？即使蛋代表着大众，代表着弱者。我逐渐意识到村上观念的倾向是向左，这与他同情弱者反抗体制以及全球化普世情怀也不矛盾。在日本这样一个崇尚集体主义又右倾的社会，村上是一个左派，但是问题在于，有没有个人主义的左派？

在中国语境下，强弱很多时候具备道德意义。很多时候，故作批判却又惺惺作态的陈述，都让我涌起多重的道德反感，既反感其批判对象，也反感批判者，更为自己不能义正词严地站在蛋那边感到抱歉。

《奇鸟行状录》写于20世纪90年代，在当时村上已经用隐喻的方式探索二战问题。说起来，《奇鸟行状录》是我读的第一本村上小说，甚至早于《挪威的森林》。当时大概还是初中，却已经感到作者笔下的张力，与其他作家有些不同。

有意思的是，我从小读村上，更多的是把村上作为一种都市文学来看待，更多感慨于他对于人性的反思，但是对于社会批判却没有更深入的感受。这次来到日本，才意识到村上的写作是如此具有政治色彩，他对于日本社会的立场与情感，并不像小说表面看起来那么疏离，恰恰充满了关怀，联系东京地铁沙林事件之后他开始写作的报告文学《地下铁事件》，乃至于《1Q84》，行动的意义已经相当明显。

日本社会往往被称为信奉集体主义，但是日常交往中却有所不同，大家往往不干涉不评论别人的事。这种日本人的个人主义和欧美自由主义略有不同，某种程度上可以理解为自己承担自己的责任，或者说怕麻烦（别人）。某种程度上，所谓的同调压力，足以构成个人的自我审查。这样的文化背景下理解村上文学中的个人化与抵抗，甚至他所谓“我们都是人类，是超越国籍、种族、宗教的个体，是脆弱的蛋，面对着一堵叫作‘体制’的坚硬的墙”，其实更有意思。

美国畅销小说家斯蒂芬·金有句名言：“所有的小说其实都是信件，专门写给一个人看的。”某种程度上，村上的小说应该是写给特定人群看的，当然也包括海外读者，但更多显然是为日本社会而写作。

我和开篇的日本朋友谈起村上小说的政治性，他马上认同，不过继而表示，普通日本人虽然喜欢读村上的小说，或许模糊感到点什么，但是并不会想那么多。也许村上之所以流行，就是因为他并不是那么直接说教，这是好的小说与坏的小说的区别，这或许也注定，他给日本的“书信”，还会继续下去。

● 新井一二三：在东京和中文恋爱

新井一二三是谁？这人到底是不是真的日本人，而且中文怎么可以比我们写得还好？

这是不少人的一连串疑问，不过新井是真姓，一二三是她的出生日期（一月二十三日），她本人也是地地道道的东京人。不过，她的中文，确实是不错，清澈而有余味，有趣而不失反思。

关于中文以及写作，新井一二三（为了方便，省去客套称呼，以下简称“新井”）做了很多好玩的比喻，比如说听到中文四声瞬间好像一股电流通过了全身，说自己对中文一见钟情，不仅读中文小说会“心跳得特别快”，甚至说前世可能就是个中国人；至于中文写作，她则说像“穿上礼服参加派对”，对比之下，日文写作“像穿牛仔裤做午饭吃”。

我不算新井资深的老读者，但追她的书也不少，从她谈个人成长的《123成人式》，谈旅行的《独立，从一个人旅行开始》，再到谈阅读的《我和阅读谈恋爱》，而她写东京的系列书《我这一代东京人》《伪东京》《东京迷上车》都让人印象深刻。

不过，关于她和中文的渊源，以及新井中文为何那么好，其实我是读了《我和中文谈恋爱》才有了更多的理解。中文之于新井，不仅是工具，更是一个无所不在的华人网络，从北京到多伦多，从香港到台湾，从新加坡到东京，她以自己的文字连接这些网络与日本的关系，反过来，这些网络的人与事，也在时间中滋养了她的写作，甚至成为她生命的一部分。

一

2017年年初，我从上海出发去东京访学的时候，背包里就带了一本《东京迷上车》。这本书我已经读过不止一次，但是期待带上一本，作为“东京迷”在东京客居的见证。

到了东京，访学题目是经济，杂七杂八拜访了不少经济学者和经济官员，但是去之前心心念念的是，能否有机会拜访一下新井一二三。当时新井膝下一对儿女正面临高考以及中考关口，于是经朋友介绍，我们约在三月末见面。

因为我住在银座附近，新井一二三在东京小区附近，大家折中一下在中野站见面。

其实，新井一二三的家一带也很有意思。她家住在东京附近的国立市，那里是一个颇为中产的社区，不仅有著名的国立大学一桥大学，还居住着山口百惠等邻居，而且算是东京附近的赏樱名所之一，我见她之前一天，刚好去那边拜访朋友，可惜今年樱花开得晚，没能遇到。至于临近的国分寺，则是村上春树青年时候厮混过的地方。

选择中野站倒是不意外，熟悉新井的读者都知道，那就是从橙色中央线出发中的一站，离新井一二三的娘家也不远。

我提前到了，等在人潮涌动的中野站北口，想着新井究竟是个怎么样的人，会太严肃吗，还是会和书里差不多有趣呢？不多时，我就从人潮中认出了新井。她穿黑色外套，齐耳短发，看起来颇为精神，和十余年前的照片相比变化不大。她几乎同时也认出了我，走过来说是徐瑾小姐吧？作为南方人，我觉得很惭愧，她中文比我更北方，也更地道，而且大概因为说中文，她比起一般日本人更热情，看起来也更喜欢说话。

二

我们打算找个地方喝咖啡，因为她选的地点，于是她决定带我去车站对面的中野百老汇喝咖啡。

中野百老汇入口不大，但是进去之后却别有洞天，热闹得很，空间也很大，类似一个走廊式的集市。穿过熙熙攘攘的人群，

一桥大学校园

两边从热腾腾的蛋糕店到卖几百日元袜子的店铺此起彼伏，让我想到大阪的心斋桥，东京类似的市井场景我见得不多。

“你没来过中野百老汇吗？”“没有耶。”新井介绍说，这个商场开业有几十年了，所以算是当年很时髦的所在，商场上面有公寓，不少明星都住在那里。我好奇地问，为什么叫百老汇？她笑笑说，因为听起来很时髦啊。我后来才知道，中野百老汇（Nakano broadway）开发于 1966 年，当年是东京最早的综合性商厦，作为中野站北口开发的一环而建造的商住综合设施。地上 4 层是商业设施，5 层以上是住宅，新井书里也提到几次。

她略一思考，说带我去一家咖啡馆，她多年前就很喜欢过来，一二十年前还在文章里写过，希望还没关门。找了一会儿，店铺果然还在原地。

落了座，我们点了咖啡。她翻出一本《东京迷上车》和《我和中文谈恋爱》给我，因为我已经有了《东京迷上车》，所以就收下了《我和中文谈恋爱》。这本书的台湾版由大田出版公司出版，目前还没有出版简体中文版，封面一片片花朵，风格有点类似于当年台版的《小团圆》。

说起这家咖啡馆，其实在新井作品中出现过，就是她中学时候就光顾的“越咖啡店”——有意思的是，当年掌柜的美女三姐妹仍旧当垆，不过卖得依旧是咖啡，不是酒。新井翻了翻带来的《东京迷上车》，指着其中一段话对我耳语，就是这家咖啡馆，她们就是书里写的三姐妹。果然，三四十年过了又来，三姐妹还是姐妹花一般在一起开开心心接待客人，即使身材容颜不如当年，但是热情不减。这就是东京，虽然新的东西经常诞生，但是旧的多半也还在。

我知道新井从小生在新宿附近，她对这里又那么熟悉和热爱，就开玩笑问她，怎么舍得离开东京住在郊区？她笑着说，因为要远离我的母亲啊，而学中文乃至去世界各地，远离母亲也是她的动机之一。

三

和日本朋友聊起学中文的理由，往往很个人，比如小时候有过中国朋友、对中国历史感兴趣，甚至索性就是中文作为大学第二外语更好学之类。

也可以说他们不功利，也可以说中文带来的好处对日本人并不是那么直接，毕竟只会日语在日本大多数情况下也能过得去。新井学中文，本来也是机缘巧合，她对于中文的热爱，源自一种化学反应，但是她曾经感叹过，如果生命里没有中文，她会不认得自己。中文之于她，犹如全球性的护照，而她在中文世界的闯荡，其实也对应着北京、广州、香港、台湾及加拿大的个人历程。这次见了新井，才算比较清楚地了解了她的经历。

她东京出生，早稻田大学毕业，大学读书时候就接触中文，“真没有想到世上竟然有这么好玩的语言！我觉得，说中文简直跟唱歌一样舒服，而且有大脑里分泌出快乐荷尔蒙多巴胺，叫人出神的感觉”。为此，她大学中途曾经公费去北京、广州留学，期间游历了中国不少地方，比如云南、东北、内蒙古、海南等地。

毕业之后，新井顺利进入首屈一指的日本大报《朝日新闻》工作。类似的职业很多日本人会一干就是几十年，而且一般换过三次工作据说过去在日本职场就是自绝生路，不过新井当然不是一般人，她在《朝日新闻》工作了一段时间后就感到压抑，尤其自己又那么向往海外，她干了五个月就辞职，移民去了加拿大。在加拿大新井也是工作求学，还曾经进入一家日本银行在加拿大的分支机构，但因为到底不符合天性，始终没有一直干下去，不过与此同时，新井倒是开始了中文专栏写作，中文也成为她此后安身立命所在。1994 年，新井一二三去了香港，待了几年，不仅为《亚洲周刊》等媒体工作，也见证了香港回归。香港回归了，新井也回到日本，不仅有了家庭，而且马上成为两个孩子的妈妈，做了多年家庭主妇后，又去大学教中文，如今是大学教授。

这一路走来的诸多经历，在新井笔下陆陆续续有写过，但是听她说一遍，最终一切细节都连起来了，立体得多。新井是一个真性情的人，她说自己去加拿大是一时兴起，离开加拿大多少也是如此：她偶然和一个同为移民的波兰朋友聊天，对方直言你和我不同，你继续待下去还是会被看作移民，这番话让新井觉得没意思，索性去了香港。至于从香港回来，也是厌倦了大家都在问，你是日本人，怎么不回日本？

旅行的开端是她寻找世界的入口，等她在世界走了一圈回到日本，兜兜转转却发现当年出走的日本，始终还是她的最大题材，尤其以中文来写。就这样，这么多年以来，新井一二三持续地写，总共出版了二十多本中文书，某种意义而言，《我和中文谈恋爱》算是她写作生涯的一次总结，正如封面所言“这是她的第 26 部作品，也是她与中文恋爱 35 年的证据”。这本书中，不仅写了她对中文“怦然心动”的学习过程，也自述了她如何用中文畅行华人世界，吃了哪些“好聪明的中餐”，看了不少中文电影，认识了一大拨“有故事的人”，最终成为一位跨越两岸及港澳的作家。

在这本书中，我意外地发现新井一二三和中文世界不同层面的联结，比如她和中国台湾的渊源。她 1995 年在中国香港出版一本书之后，1999 年在中国台湾出版了一本个人随笔集《心井·新井》，然后几乎每年都会在台湾出版一本书，甚至还专门写过一本《台湾为何教我哭》的书。

有意思的是，中国大陆从2000年之后也陆续出版了相关著作。这种流行幅度，倒是类似村上春树流行的“逆时针节奏”——这是东京大学藤井醒三教授的理论，村上文学在东亚旋风背后，也对应着两岸及港澳的经济发展与都市化步伐，新井的流行看来也类似。

新井一二三不仅对中国台湾有偏好，她对中国大陆的深入了解，除了我们熟悉的一面如“四人帮”，对80年代和90年代的“洋插队”等，新井一二三都有体察。以摇滚乐为例，她80年代中期在北京读书的时候，就认识了一帮“不倒翁”“七合板”摇滚乐队。她印象中，当时大家物质并不丰富，甚至丁武有时会连坐公共汽车的五分钱都没有，但是精神上很富足。后来，北京歌舞团出身的崔健以《一无所有》成为中国摇滚界教父，而正是新井一二三这样对中国80年代有体察的观察者，才能一眼看破《一无所有》歌词中《国际歌》的渊源，至于丁武，后来组建唐朝乐队，在内地走红之后还去香港红磡体育馆演出，当时新井一二三刚好在香港，新井还为当地杂志采访了丁武。

四

“您的中文那么自然，感觉有点像老舍，有学他吗？”落座没多久，我忍不住这样说。这个想法我以前并没有产生过，但是在等新井的时刻，我想起来她的风格是有点类似老舍的平易近人又有余味。新井想想，回答说其实并没有学谁，自己当年学中文，除了中文好听，其实也是觉得很好玩，因为可以用别人不懂尤其是母亲也不懂的语言写作说话，那么也获得了自由。

我常常认为，政治运动改造了中文，使得后来的一些中文写作者往往有意无意用比较欧化的方式与句式，从而与昔日过于政治化的中文模式有所间隔与距离，而新井的写作倒没有这样的生硬气息。后来读了她的书，果然她喜欢老舍，也喜欢鲁迅与张爱玲，五四文学让她看到中文、男性理性的一面，而张爱玲又让她看到中文、女性感性的一面。

说起语言，我很好奇她的日语写作水平，我说一般本国语言好的人，好像学外语有点困难，尤其成年后学，新井点点头说，有这种观点，比如自己老公就是这样认为的，她老公是日本鬼怪作家，不会中文，但是作品有在台湾地区出版。新井解释说，自己日文写作也不错，但是得到的鼓励总是没有中文多，自己也觉得写得和别人区别并不大，所以写中文更多。其实除了新井一二三这个常见名字之外，她还有别的身份，大学教授、家庭主妇、两个孩子的母亲之外，“新井ひふみ”“林ひふみ”也是她在日语世界更多出现的名字，有在讲谈社出版的面对日本读者的《中文真好玩》，也有偏于学术的在明治大学出版会出版的谈电影的著作。

新井一二三英文也不错，在《我和中文谈恋爱》中，她曾经比较过中、日、英三种语言。她认为英文都是罗马文字，表音不表意，所以第一印象类似“黑白照片”，读了之后需要在大脑中脑补，“将一个个标音字母像玻璃球一般串起来，整个画面才会变成彩色项链，从中浮现各种故事来”。至于日语，新井认为表音的两套假名加上汉字，对她而言就像字谜，而有个中国编辑说因为日语夹杂着假名，所以有暧昧与不确定之感，也有人觉得日语这种模式意味着想象空间很大。至于中文，因为有全面表意的汉字，所以给人的印象就是热闹与亲切，打个比方，就像“横滨中华街的大红大绿商业招牌以及密密麻麻的腊鸭子”，她总结道：“我觉得中餐和中文有共同的合理性。反之，日本菜和日语有共同的啰唆。”

新井说她最开始写中文还需要先转化成英文思路，但是如今已形成中文思路。语言对她，不是在教室中学习，是与人交流，也是思想渊源。对她而言，中文真像哆啦 A 梦的任意门，“有了它，就能到很多地方，认识很多人”。语言是需要滋养的，写作尤其如此，不仅仅是一种工具，更是交朋友与认识世界与思想资源的来历。比如新井写《我这一代东京人》，她就直言是套用了陈冠中《我们这代香港人》的名字，构思也受到不少启发。

对于写作者，书写得有趣就很难得，而新井难得的是，人也很有趣，大家聊天一直笑声不断，我期待她更多的作品，比如小说。她睁大圆圆的双目说，其实她有时候写的是小说，大家以为是真的，而她有时候写真事，大家又以为是小说。

咖啡时间快结束，我问，既然这里在娘家附近，您会回家吗？她一脸意外地说，不会，我才又回想起前面她说关于学中文是逃离母亲的话。我们愉快告别，新井要去为即将入学的儿子领取一套定制西装，是她母亲对于孙辈考上理想大学的心意，我则决定继续在这个号称“西之秋叶原”的地方转转，领略一份东京并不多见的喧嚣与过去的时髦。

● 敦煌敦煌

方丈室内，化尽十方。一窟之中，宛然三界。

——《敦煌遗书》

人需要历史，历史帮助人了解自己是谁。但是历史如同神圣，能驻于人心，只要有某些东西就足够。

——V.S. 奈保尔

一

作为中国人，该如何面对敦煌？作为日本人，又应该如何面对古中国？作为人，又应该如何面对文化？

如果说日本作家井上靖的《天平之甍》写尽了如同百花盛开的大唐中心，那么《敦煌》则道出了流离凋敝的宋代边陲。文明之光，在敦煌这样的地方，面对战争，面对死亡，面对杀戮，面对自然，不说光大，如何保存？

“维时景佑二年乙亥十二月十三日，大宋国潭州府举人赵行德，流历河西，适寓沙州。今缘外贼掩袭，国土扰乱，大云寺比丘等搬移圣经于莫高空窟，而罩藏壁中。于是发心，敬写《般若波罗蜜心经》一卷，安置洞内已。伏愿龙天八部长为护助，城隍安泰，百姓康宁；次愿甘州小娘子，承此善因，不溺幽冥，现世业障，并皆消灭，获福无量，永充供养。”

这段叙述，构成了井上靖故事的核心。宋仁宗天圣年间，书生赵行德因为睡觉错过殿试，无意之间又救了一名西夏女子的命，女子给了他一块西夏文的布作为报答。赵行德借机游历西域，结果卷入战乱，成为一名西夏士兵，在战争中救了一名回鹘女子的命。赵行德因为公务要返回西夏都城，将女子托付给自己的上司朱王礼，两人相约一年后再会，等一年半后赵行德赶到时，回鹘女子已归西夏王储李元昊，女子见面后以死明志，赵行德转向翻译佛经寻求慰藉。

当西夏继续在河西地区攻城略地之时，朱王礼和赵行德决定杀死李元昊为回鹘女子报仇。瓜州和沙州陷入战火，为了保护佛教典籍，赵行德设法将其藏于敦煌，八百年后方重见天日。

二

敦煌往昔，是文化的荣耀，还是文明的伤口？

文明竞争是残酷的，而文明又是娇弱的，即使西方文明的渊薮古希腊罗马，也是几经易手，最终托体基督教等，得以隐约存在。在《敦煌》中，杀戮与战乱是常态，经典的传承则是偶然，其发现也是如此。

王圆箓，湖北麻城人，更为著名的称呼是王道士。王道士发现敦煌藏经洞又转卖给西人的故事，大家或许都知道，也曾经散文家任意书写变形，在各种耳熟能详的情节与批判背后，其实遗漏了王道士个体的努力，他曾经努力使藏经洞得到地方官吏重视而未得，真实的其人其事，都成为未解的过去了。

井上靖在《敦煌》中也提到这个被无数人鄙视的中国人，但并没有给予廉价评定与抒情，只说他“呆坐了一辈子”，偶然之间，发现了敦煌藏宝库。乱世之中的地方政府根本无暇顾及，他将其中一些文物卖给了外国探险家斯坦因等人，剩下的终于引起了当时北京政府的重视，敦煌藏宝库随之再次一空。动乱的时代与个人的转折之中，王道士是一个微茫的象征。人们争辩这个故事中的是非，但是或许那时甚至直到今天，它都是一个“是”少于“非”或者没有“是”的故事。照片上的王道士看起来矮小木然，和当时多数照片中的中国人一样。确实，王道士不明白敦煌的价值，地方官员不明白，当时的中国人不明白，其实买走敦煌典籍的斯坦因等人又何尝完全明白。

井上靖在《敦煌》中静静地写了一句话作为结尾，“又过了好多年，人们才明白，不仅止于东方学，这些经典竟是足以使世界文化史的每个研究领域都发生改变的珍宝”。

三

赵行德来到西域之后，遇到说汉话的人，一问他们是哪里人，总是招来一顿暴打，即使遇到尉迟也是一般，一问来历就被吊打。那是民族杂居的时代，有冲突，却也更世界主义。

这既是写出西域的蛮荒，也是时代的变化。赵行德的年代，唐之灿烂已经归于尘埃，从晚唐到五代十国，几乎是中国最为分裂的时代，其中藩镇林立，即使到宋朝之后，在河西等地仍旧存在各路势力。在一个混乱的时代，个体和文明，都不可以盛世或者今日框架来衡量。

《天平之甍》的故事发生在文明昌明时代，而其中鉴真东渡的艰辛，尚且传递明知不可为而为之的决绝，那么《敦煌》则更虚无，在一望无垠的边陲地带，城池、战争、王朝都转瞬而去，但微妙个人却要固守每个当下，无论意外从军的赵行德还是王孙之后的尉迟光，他们首先要面对的便是无处不在的生存问题。《敦煌》中人物多次处于战乱，归根结底无处可去，回鹘、吐蕃、西夏等，无处不在的冲突，无处不在的战乱。

四

《敦煌》中出现的沙州曹氏，又是一段差点被忘记的历史。

书中提到曹氏末代两兄弟，一位是弟弟曹延惠，虔心礼佛，率众向西夏投降，一位是沙州节度使曹贤顺，沙州城破之日，与西夏李元昊战斗而亡，而延惠逃亡，亦投火而死，两兄弟同日而亡。

此节引用了曹氏家传，“方丈室内，化尽十万。一窟之中，宛然三界。檐飞五采，动户迎风”。其实这个曹氏家传，不少是关于归义军的记载。归义军是唐宋之际战乱的独特产物，诞生于晚唐的潮州地方势力，由名将张议潮建立，后由曹氏接替，其势力存续两百余年。期间，归义军不同时期接受唐宋册封，名义上是节度使，其实完全是地方势力，在当时各方势力之中苦心经营。

对应《敦煌》故事的真实历史如何？归义军和吐蕃之间反复大战，曾经挫败吐蕃对沙州多年统治，和各地回鹘之间也是且战且和。一说回鹘势力后期摆脱归义军控制，甚至是抗击西夏的主要势力，甘州城破之日赵行德才有机会救下回鹘郡主。《敦煌》中写称臣的是弟弟，哥哥阵亡，两人忌日是景佑二年十二月十三日，对应真实历史，一说归义军的末代人物哥哥曹贤顺在景佑三年归义军灭亡之日以千骑投降西夏。

回到《敦煌》，曹贤顺气度不凡，有不屈意志，有汉家威仪，武将朱王礼评价他说，作为一名武士，“不是极优秀，就是很愚蠢”。他统率甘州二十余年，自有气度，“看来曹氏即将亡于我曹贤顺这一代，这也无可奈何。相传古时，这里一度长期由吐蕃统治,汉人平时不得不着番服。只有在节祭之日穿汉服仰天哀恸。想必历史又要重演了。可是，任何一个民族都无法永远征服这块土地，正如吐蕃最后离去一样，西夏迟早也会离开。到时，你我的子孙将会留下来，就像那离离原上草，因为长眠在这块土地上的汉人之魂,要比其他任何民族都多得多。告诉你,此地是汉土”。

长兄曹贤顺进取机灵，关注汉土得失荣誉，最后应战西夏时也不失沉着勇猛。弟弟曹延惠看似柔弱，却有先知气度，他也为保护经典做出了贡献。多少源于他的超然，比起政权更迭，他更在意保全宗教，所以为了保全寺庙宗教一早就投降西夏。然而他对于时局判断一直不失清晰，对于佛教经典的价值与关切也矢志不渝，而曹氏家传的保存，多少也是依赖他。

两人谁的价值更大，谁更值得敬佩，其实很难判断，也是基于我们不同的价值观和人生观。唐宋之际河西地区，充满了战争、多民族角力以及文明的断裂，大家预先看好的角色往往在现实之中折戟沉沙，在评判历史时，尽量不带立场地进入可能会离历史真相更近。

五

几乎转瞬之间，百年基业的曹氏灭门，沙州灰烬之间，还有什么可以保存？

赵行德偶然路过寺庙，看到僧人们不肯离去，他们在选择佛经，带着去哪里也不知道，他们只知道自己没读的很多，好的经典又太多。此情此景，赵行德灵光一闪："或许唯独还有经典可以幸存。对，不能挽救别的东西，或许可以挽救那些经典。"

赵行德还有一段内心独白，这大概是井上对于经典的见地："财宝、生命、权力，俱属个人所有，经典则不同，不属于任何人。只要不被烧毁，搁在那里就行了，谁也抢不走，谁也没法将之据为己有。单是完好存放在那儿，便已经是价值连城。"

全书由赵行德贯穿，但是他其实并没有一般主角的高大全形象，作为主角的光芒也被掩埋在无穷无尽的战争与打斗中。赵行德是一个被动的人，被动地错过殿试，被动地加入西夏军队，被动地错过与回鹘郡主的一年之期，甚至最终加入杀死李元昊的机会也是被动的复仇。他一生主动的三次，其实都是基于偶然的外力推动，因为偶遇凶残的男子伤害西夏女子而救下后者，因此被分配攻入甘州烽火台，在战乱中不得不救下回鹘郡主，再因为沙州大战尉迟光敦促藏宝而动念保存经典。

赵行德的行为，多少带有佛教的出世，是动乱年代无所适从、无根可归的人的一种应对与自我保护。全书弥漫着一种被动感觉，其实应和着井上靖以悲观为底色的世界观。井上靖的工作无疑类似，他一直冷静行文，不带太多褒贬，即使凶悍如李元昊，贪婪如尉迟光，野蛮如西夏女子，在他笔下都不失人性，惜字如金又立体全面。

《敦煌》在井上靖的著作中显然比其他书更出名。据说无数人拿着这本书去敦煌。然而据说作者写的时候全然没有去过敦煌，最后却发现和他想象的一样。井上靖记者出身，终成文豪，不是靠脚，主要靠脑。而井上对于中国文化的理解，其实从命名也可见一斑，比如有学者分析赵行德之德，对应儒家的“以玉比德”说，朱王礼的礼，对应孔子所言“礼云礼云，玉帛云乎哉？”复姓尉迟，谐音“玉痴”。这种分析，让人难免对于井上的风格多了点《红楼梦》所谓“贾雨村言”的感觉。

原文恢宏，译文典雅，有种哀而不伤的含蓄壮美。借朋友说法，汉文化如同书中的回鹘郡主陷于迷失，而井上靖挖掘之功，犹如主角赵行德之救该女子于水火。悲哀的是，赵行德和她终究是萍水相逢又散去，结果难有佳话，倒也类似现状的遗憾与残缺。隔了八百多年，井上靖写敦煌的心情，大概亦如赵行德日后怀念回鹘郡主，不是对人的具体思念，而是一种超越的类宗教体验，“回想起回鹘女子的往事时，行德就会感觉到身体中充满了一种崇高的静谧，它既不是对故人的爱恋，又不是对冤魂的怜悯，而是一种对纯粹完美事物的赞叹”。

六

以井上著作为本，日本 80 年代曾有人出巨资在甘肃拍摄电影《敦煌》，里面有段被删去的台词在民间引发很多讨论，截取网友的一段记录：

李元昊：“行德，你认为我的宋国话说得怎么样？”

赵行德：“您说得非常好。”

李元昊：“那你认为我为什么要学习宋国的语言呢？”

赵行德不知如何回答。

李元昊：“那是因为宋国的文化比西夏先进，而且宋国比西夏强盛。但是现在大不相同了，西夏有西夏的文化，有西夏的语言了。行德，宋国的语言与西夏的语言，你认为哪一方比较正确呢？”

赵行德：“我认为语言是没有优劣之分的。”

李元昊：“没错，是没有优劣之分。弱者必须学习强者的语言，只有这样而已。但如果西夏征服了宋国，宋国的人就会争先恐后地来学习西夏的语言，西夏的文字。延惠大人，你觉得我说得对吗？”

曹延惠：“的确没错。”

这是原著中没有的话，也是观众讨论最多的。看这电影，可能很容易将西夏与宋朝，从历史对应当下，这也是普通读者与观众，在阅读历史时刻的焦虑投射。对比之下，我其实觉得井上靖的原著，与其说有关切的焦虑，不如说更多有一种理解的平静，一方面以不做评价的战争描写作为主线道尽了天地不仁的时代，另一方面则将佛教经典的翻译保存过程作为不那么起眼的伏笔丝丝入扣道出，在这样的背景与情节的强烈对比之下，有一种超越国别的慈悲。在任何一个所谓的大时代之下，帝王将相终归于尘埃，小人物的挣扎反而成就了更多。

或许我们应该思考的是，国家是什么？井上靖写过《孔子》，其中有和孔子有关的一个故事。楚王打猎丢失了一张弓，属下要求找，楚王制止了，因为觉得楚国人丢了，楚国人得到，何必去找（王曰："止，楚王失弓，楚人得之，又何求之！"）大家都称赞楚王没有君王臣民之心，而孔子则觉得楚王格局还不够，他说何必谈楚国，人丢了人得到就可以了（"人遗弓，人得之而已，何必楚也。"）。据说老子听说了，说失去得到（得之失之）就可以了，甚至人都不必谈，大家更觉得老子高明。

某种意义而言，三者之间，我觉得孔子更近乎人情，楚王是人之常情，老子是太上忘情。对应历史来看，能够超越民族主义来审视，已经是一大进步，毕竟人类的本性在于抱团竞争。《敦煌》中，不识文字的武将如朱王礼，虽然避讳自己的宋朝参军经历，但是死后立碑的想法却一直希望用汉文，他甚至对赵行德大吼道："当然要用汉文了，我们都不是西夏人。告诉你，自由宣读政令时，才用西夏文。"最后的大战来临时，他也是希望在汉地与李元昊一决生死。

七

敦煌地名由来，也有讲究。"敦煌"据说最早见于《史记·大宛列传》，汉朝正式设敦煌郡，《汉书》中说："敦，大也；煌，盛也。"如果要理解敦煌，或许应该从大与盛开始。按照剑桥中国历史学者的看法，隋唐开始，其周边多半还是部落文化，但是到了晚唐，周边已经被许多稳定的政权包围。这种情况下思考中国历史，其实更应该超越民族观点，正如诺贝尔文学奖作家奈保尔所说，一个民族如果不能改变看待其历史的方式，就没有基本也没法写作。

看中国历史，往往会被中国传统框架所限定，即使将中国放在全球历史来看，也往往是将中国与西方做出对比，重点也局限于明清以来的交流。其实，如果将地图移动，以区域历史的角度来看中国历史，那么中国文明是黄河文明与中亚文明激荡之下的产物，农耕文明与草原文明的互动构成文明盛衰秘线，草原的作用不容忽视。

以契丹人建立的辽为例，不谈其政治文明建制的成就，单单就其存在的时间看，其历史跨度仅次于汉唐。南宋往往被视为中国正统，事实上若论版图，辽国、金国更应被视为代表。而党项人建立的西夏，在强敌环伺之间崛起，从夏州节度使起家，发达于河西地区，在吐蕃与回鹘之间杀出，通过获得瓜州、沙州、肃州而立，成为与宋、辽三足鼎立的帝国。

《敦煌》中有一句话：世上一切皆因缘。如果说史书看重帝国兴衰,那么小说则强调人世悲欢。当太多的变动、太多的离别、太多的伤害我们不能接受之时,就将其看作一种业,一种承受。这种态度大概是非理性的,却又是极其人性的。我们的祖先和族人,最大的成就之一是活下去,他们的血液,仍旧在我们的身体里游走。

● 井上靖的古中国穿越

“既然日本有人来敦请，我同法众中，不知有谁答应渡日传法？”

没有人回答。“有谁要去吗？”仍没有人回答。

鉴真三度开口：“是为了法。即使有淼漫沧海隔绝，生命何所惜，大家既然不去，那么我就去。”

——《天平之甍》

戒融……又说：“我不打算回日本了。”

“到死都不回去了吗？”普照问。

戒融颇为严肃地回答：“大概是。我没有双亲，也没有兄妹，为什么要回日本？只因为生在日本的缘故，就得回日本吗？”

普照不答，戒融又说：“身上流着日本人的血，就非要回日本不可吗？”

普照仍然无言。

——《天平之甍》

只是为了置身中土的大场面，享受长安的春天，就耗尽一生韶华甚至一己性命，这是否值得？

这不是文人午后的千年一梦，而是当年日本对于唐的现实选择。一次远航人数就有五六百人，即使能够生还，一辈子最好的时间也已经过去。而因为开支浩大，政治企图变得微不足道，宗教与文化成为首要目的。

然而，对于多数被选中的人，也就是遣唐使，去还是不去，生与死，对于他们似乎不是一个两难问题，能够“那么长久地生活在那灿烂的大唐”，乘上遣唐船就成为冒险赌命的意义。

一

在日本圣武天皇在位之际，也就是日本天平年间，四位僧人加入这一队伍。

他们的任务是去大唐延请一位精通戒律的大师，来整顿尚未实行戒律的日本。当时日本作为一个正规国家初具形貌，正在努力学习大唐政治文化，而佛教传入百余年，却仍旧混乱不明。不少百姓出家是为了躲避课役，僧人行为也并没有严格守戒，这种情况下官方法令并不起作用，而应该来自能够服众的大师的信仰号召力。

这四位僧人分别是荣睿、普照、戒融以及年轻的玄朗。这次出行的结果，最终延请到扬州的鉴真大师，但是关于这四位僧人的故事却相当简略，日本作家井上靖在《天平之甍》中的工作是从只言片语中重建当时的历史场景。

中国人都知道鉴真东渡的故事，往往被简化抽象为鉴真的高大塑像，这遮蔽了人物的命运以及历史的曲折。比如，对于鉴真是七次东渡还是六次东渡，中日两国有不同看法，主要是对于其中一次界定不同，而日本人又避讳说七，因此有了说法的不同。除了六次与七次的差别，人人都知的鉴真事迹之外，细节却都过于简化，还有很多语焉不详处，鉴真为何东渡？为何如此曲折仍旧不改其志？鉴真的影响为何如此特别？等等。

井上靖的《天平之甍》，其实就是为了借助鉴真东渡的故事，讲一代日本遣唐僧人的故事，让原本在鉴真高大形象之外的模糊人物与往昔声音得以还原。当时航海凶险，百渡无一返，支撑人们东渡的信念，无非在长安走动与思考，即使洛阳的街衢之繁华也令日本人惊艳，对比之下，多次感叹奈良的渺小与贫穷，“实在不能求之与日本”。

二

在如同“百花盛开”的大唐全盛时代，一代代遣唐使带着梦想，踏过波涛汹涌的大海，经历百渡无一返的惊险，即使侥幸到达唐土，随后也将花上数十年的时光，将最好的青壮年时间置身异国，等到返回，已然老年姿态。遣唐使们要么独立埋首经典，要么光耀大唐殿堂，要么游历四方中土，要么只是带着一己老弱身躯返回。再次期待，踏上下一拨遣唐使的大船，期待大海风向如愿，能够顺利回到日本。

这几乎就是人生的隐喻，以时间为筹码的赌场，你怎么思考，你就如何下注，最后却不能保证收获你所梦想的。《天平之甍》中的人物，鉴真、道睿之类从中国到日本的大师，固然令人高山景仰，其行其言，难免有如金如石的感叹，却在意料之中，毕竟源自信仰的支撑，也是普世的情怀驱使。但是凡小人物的努力奋斗与抗争，中间都充满了犹豫与无奈甚至软弱，这种充满起伏的情感却更为人性，虽然隐匿在宏大历史之中，却自有其价值，经过考验之后的坚定，更令人感怀。

书中鉴真的坚毅，类似武士，其实这些日本遣唐僧才真正不像一般想象中的出家人。他们勇猛，他们坚守，他们有着各种无法排遣的执念，也有着对于大唐知识以及佛教戒律无尽的向往与执念。执念往往被认为是悲剧的起源，但是也是超越人性的起点。

三

井上靖出生于1907年，记者出身，最终成为日本著名作家，早年遍读中国典籍，《天平之甍》于1958年获日本艺术选奖。在中国，井上靖最出名的作品或许是《敦煌》，但是我却更喜欢《天平之甍》，比起《敦煌》的博大激荡，我更偏好《天平之甍》的纯粹精进。前者写尽边陲的戎马倥偬与文明的冲突溶解，犹如渔阳鼙鼓一般气魄，过目难忘，《天平之甍》虽然不乏波澜壮阔的航海描写，但是多数情况是在从容叙述，探索人心，犹如雨过天晴的宋瓷，线索和场景看似简单，但却蕴含无尽变化。

在《天平之甍》中，普照等僧人只做一件事，就是用一生请鉴真东渡，而这本小说也只写了这么一件事，甚至几乎没有一个女性角色（玄朗的中国妻子一闪而过）。但就是这么一个看似单一的线索，却丝丝入扣地融入井上靖对于历史与人性的理解。

这部小说，看似朴实，却极尽意蕴，类似火柴棍搭建起来的微型宫殿，简单，却不失精湛。或者更合适的比喻，就像书名中的“甍”，这是普照回到日本之后收到的一件礼物，古老，甚至有裂纹，却渡过大海从唐朝来到京都。普照甚至不知道是何人所寄，是游历中的戒融还是安家的玄朗，抑或另有其人？这是小说的秘密，也是无数历史中隐秘的往昔之一。

普照看起来觉得似曾相识，但却无从记忆。甍是屋脊之意，一说是屋脊上的装饰品，书中解释为“甍是放在寺院大栋两端的鸱尾”“异形的瓦制物品”。最终，甍放在唐朝提寺上的大栋两端。书名也被人们认为隐喻鉴真是天平时代的文化栋梁，或许甍也是隐喻日本遣唐僧的作用，虽然不是栋梁，但是却作为栋梁的两端起到其应有的作用。

作为全书贯穿始终的人物，僧人普照可谓全书副线。虽然最开始延请鉴真最为坚决的是荣睿，而在多次渡海失败后，荣睿最后的死亡导致普照不得不延续其使命，最终成功促成鉴真东渡的也是他，甚至，收到具有象征意义的甍的人也是他。普照一出场就被视为青年才俊，他却不以为意地认为自己只是勤于读书，早年甚至不得不与欲望搏斗，这多少有点令人想到井上靖自身，他早年进入大学时曾经加入柔道部进行禁欲式的练习——欲望与禁欲的搏斗，其实也是生命的躁动，个体的躁动又汇聚成时代的脉搏，而时代的脉搏又演变为历史的波澜。

四

日本评论家福田宏年指出，井上靖的视角之一在于“视人生为一条枯竭的河床的看法”，其历史小说“底层中流动着的思想是对逝水流年中人物虚无缥缈的命运的一种想法”，具体到《天平之甍》，更是被认为是“白色河床”发展深化后的叙事诗世界。

固然《天平之甍》的世界中，确实始终弥漫着无可奈何的感叹，比如一事无成以一身返日的景云，再比如满怀羞愧希望携带妻儿回到日本却始终错过机会的玄朗，比如誉满中国、思乡情切却遭遇海难安葬唐土的阿倍仲麻吕，更不用说书中一闪而过的李林甫、李凑、如海等人。无论贵胄还是凡俗抑或出家人，时间、自然、历史都不曾给予这些人太多胜算，随机性的搏斗中，有人幸运，有人背运，只有命运随机性的生杀予夺，连怜悯也无从谈起，天地的无情超越了个体意志的抗争与偏好。

然而，即使在这样的无可奈何之中，个体虽然无法主宰结果，但是精神的进取却始终存在，不用说鉴真的坚定决绝以及普照等人的固守，即使看起来最类似悲剧的老僧业行，也透出此中真意：他来到大唐之后先研究了几年佛经，发现自己毫无慧根之后确定做自己能够做的事，就是将唐土重要佛经一丝不荀抄写下来带回日本。于是,他几乎不问世事地在大唐抄写经典,数十年的中国生活未曾改变他日本人的气质，他时刻决定不惜以命保卫经典，为了成功返回日本不惜多番麻烦。最终，他和他的几乎全部经典一起葬身大海，这是一个悲伤的故事，但是多数人仍旧会被其要佛经不要性命的精神打动，这种坚守，即使未能超越自然，却始终有一种意志的尊严。

五

我敬佩井上靖的穿越，就在于他很好地展示了诸多当时人物的情境，即使不是无比接近，也足以让人向往，这也是他与当下诸多穿越小说截然不同之处。让唐代人说现代话做现代事只是现代人的意淫，而让唐代人说唐代话做唐代事，则是一种历史的还原。

《天平之甍》的古，不仅在于语言以及背景，更在行为的古。令人想到中国古代一个尾生抱柱的故事,“尾生与女子期于梁下,女子不来，水至不去，抱梁柱而死”。庄子寥寥几句话，其实隐匿了尾生的事迹以及心思，背后可能省略了一个很哀怨的故事。尾生是春秋时候的年轻人，与孔子均为鲁国曲阜人，他与一个女子相恋,一说两人不为女子家人所容,所以两人约定相会桥外,与尾生一起返乡。结果当天突然天降大雨，水漫上桥，尾生为了等候女子不愿意离去，因此而死，据说女子也随之而死。此后两千多年，尾生由一个守信形象变为迂腐形象，这背后的转变耐人寻味。

而《天平之甍》中，人物的努力在历史之前如此渺小，其意志却又如此坚定，这就是古人的迂与直。井上靖也写《孔子》，在日本评价很高，在中国则评价两极。一些人，充满了对孔子义理的解析而不是对孔子个人的理解，这大概源自两国对于孔子理念的实践不同，儒家之修身齐家治国平天下，在中国更多彰显在国家层面，在日本更多流于日常与人生。

读完《天平之甍》，我想到孔子的话，“述而不作，信而好古”。对于井上靖这样的人来说，也许古就是指期待的时代，犹如尾生抱柱，是一种固执，今天甚至被认为是一种愚蠢，其实是一种坚守，这是古意。

井上靖在日本地位颇尊，也曾经是诺贝尔文学奖的热门候选人。我过去一直知道井上靖，但没有空读，这个夏天才开始读《天平之甍》，读完难以平复。书饱满大气，这才是过去的时代应该有的节奏，绝不仅仅是文艺得很慢，而是一件事做一辈子的志气，犹如井上在今天的苦心整理工作，其实也呼应昔日遣唐僧人的艰险，这是人心不古的当下难以见到的气节。

刚好读完《天平之甍》，我遇到一位日本青年，他的工作是中日文化交流，其实有点类似当时遣唐僧的作用，只是时代不同，难有往昔情怀。谈起井上靖，他淡淡地说他知道，不过他不会去读，因为井上靖是他父亲那辈人才会读的书。

看来，井上的古，即使在日本，也逐渐成为过去了。

后记　迷失，是为了归来

“你有为人生的真谛迷惑过吗？”

“每个灵魂都有一条路，但有时候会迷失方向。”

——《迷失东京》

只是你这个兄弟，是死而复活、失而又得的，所以我们理当欢喜快乐。

——《圣经》路加福音第 15 章

欢迎光临东京国际机场。

谢谢你，东京。

这分别是《迷失东京》的开头和结尾，其实和多数人的日本之行差不多，只是省略了中间的“迷失”。

这种迷失是语言、地理、人群的疏离感造成的，让比尔·默瑞饰演的过气电视明星鲍勃·哈里斯与斯嘉丽·约翰逊饰演的已为人妻的夏洛特两个原本彼此睽违的人生，有了交集。即使身处最为现代的都市，深陷五星级酒店，得到各种无微不至的服务，生活始终无法带来实在感，他们仍旧失眠，仍旧寂寞，仍旧迷失。

他对她说，他正为组织一次越狱找一个同伙，首先得逃出这家酒吧，然后逃出这家酒店，然后逃出这个城市，然后逃出这个国家。“你加入吗？”“算我一份。”

两人虚拟的对话，或许就是人类的个体宿命和集体情愫，自由，却又逃避自由，沉闷，却无力挣扎，甚至可能性也成为更多迷茫的根源，逃离的共谋快感成为渺茫的拯救可能。

一切，和东京，和日本，有关，也无关。

我刚到东京时，偶然同一个研究室年轻学者聊天。他出生在东南亚，来自英国，也在巴西、西班牙等地待过多年，离开东京下一站可能去柏林。他刚从伦敦来，我在一家英国媒体，见面惯例是调侃一通大英帝国。话别，他邀请我有机会参加他的朋友聚会，理由是他待过那么多城市，东京是最疏离（isolated）的一个，他甚至不无同情地说，“我知道刚开始很难”。

东京往往被视为都市化过度的地方，后现代的疏离在所难免。然而，旅居东京的时间，却给我空间与时间去体会一个更为私人化的东京，更有情味，也与书本不同，甚至，给我更多的是思考自身。

日本超级畅销小说家村上春树，据说不喜社交，甚至与日本文学圈也交往不多。东京大学有位教授多年研究村上，曾经办过几次以村上为主题的研讨会，但是村上从不现身。这位教授告诉我，曾经邀请过村上不止一次，但是村上只是第一次派了秘书出席，最后主办方索性也不邀请村上了。

村上在日本国内很少与人见面，但是在国外好像就相对简单，比如村上和京都教授河合隼雄以及日本指挥家小泽征尔的主要见面，多数在国外。某种意义上，村上的神秘性既是他的商业价值所在，也和他的个性有关，而在国外与国人的相遇，反而能够激发某种深入的交流。

从村上的案例，我想表达的是，交流需要情境，新鲜的情境往往会触发新的感受。

人类都是动物，到了新环境一方面会卸下原有环境中的诸多面具，另一方面，原始进化留下的警觉也不自然地启动，这使得我们对于新环境往往分外敏感，感受性更强。外国的好处就在于使人放下既定模式，开启新的运作模式，不少作品以及研究是在异国完成的。

对我而言，日本之行也是这样一个异域机会。接受日本国际交流基金会邀请，去东京大学访学，目的既是了解日本，也不全然是。在深知理解的不可能之后，我试图借助日本来照见中国，只了解中国不足以语中国，只了解日本其实也不足以语日本。人在异国，每一步进展背后，其实更能体察熟人的热情与陌生人的慈悲，对于那么多帮助与关心我东京之行的新旧师友，在此不能一一列举致意，唯有在心中默默再说一声，谢谢。

我去过日本多次，但始终提醒自己只是一个路人，并不比买买买的观光客知道更多。等到真正居住在东京的时候，用脚步去丈量东京的不同角落，最喜欢的是无计划性的闲逛，也因此时常迷路，不得已也遭遇日本最忌讳的迟到经历，但是也每每有惊喜。

避开游客云集的银座三越、浅草雷门寺、东京湾迪士尼，东京还是有自己的热闹与寂寞，想要自在，溜达过日本桥的古老商铺，晃荡在八重洲购书中心，想要人气，晃荡去新潮的银座 six，或去森美术馆看看草间弥生，都是不错的选择。

即使方寸之间，东京也可以是不同的颜色。我刚到东京时，最开始住在东京巨蛋酒店，那里游乐园每日呼啸而过的过山车和摩天轮，隔着窗户，也能感受到那满满的喧嚣和荷尔蒙。走路十分钟不到，穿过一二小马路，就到了东京大学本乡校区。这里除了有夏目漱石喜欢的和果子铺旧址，多走几步，除却赤门的安静与安田讲堂的宏伟，又是一番世界。如果不想看在国内无名在日本却无人不知的朱舜水墓，那么穿过农学院与工学院，从另外一侧的门出去，对面就是大名鼎鼎的竹久梦二艺术馆。

又一年，樱花季来了又去。回顾东京之行，犹如一场似真如幻的梦。我去日本的首要计划是比较中日经济的课题，关于日本经济的写作也一直在艰难进行中。不过，经济毕竟只是浮现在社会结构这片汪洋之上的些许冰山，就像理性建构于感性之上一样，感性与理性的交叠始终是我追求的理想写作状态，不了解日本社会不足以写出经济。这本书首先出炉，很大程度上是因为在东京期间对于日本社会首先是感性印象，这是我在日本的迷失部分；也期待这本书，构成我对日本理性认识的回归基础，有这本建筑在感性之上的文艺写作，建筑在理性之上的经济写作会更有人间烟火味。

而一切迷失，其实都是回归，即使中间隔着几多久别重逢。就如上帝所言，这是死而复活、失而又得的，理当欢喜快乐。